ALGO RÓI NO PEITO

DAVID GONÇALVES

ALGO RÓI NO PEITO

~ C O N T O S ~

MINOTAURO

ALGO ROI NO PEITO

AUTOR: David Gonçalves

DIRETOR DA ALMEDINA BRASIL: Rodrigo Mentz
EDITOR: Deonísio da Silva
ASSISTENTES: Mary Ellen Camarinho Terroni, Michele Roberta Rosa e Silva
PRODUTORA EDITORIAL: Erika Alonso
ASSISTENTES EDITORIAIS: Letícia Gabriella Batista e Tacila Souza
ESTAGIÁRIA DE PRODUÇÃO: Natasha Oliveira

REVISÃO: Daboit Textos
CONCEPÇÃO GRÁFICA: Eduardo Faria/Officio

SUPERVISÃO GERAL: Deonísio da Silva e Marco Pace

ISBN: 9788563920751

Novembro, 2023

Dados Internacionais de Catalogação na Publicação (CIP)
(Câmara Brasileira do Livro, SP, Brasil)

Gonçalves, David
Algo rói no peito : contos / David Gonçalves. --
São Paulo : Minotauro, 2023.

ISBN 978-85-63920-75-1

1. Contos brasileiros I. Título.

23-180563 CDD-B869.3

Índices para catálogo sistemático:
1. Contos : Literatura brasileira B869.3
Tábata Alves da Silva - Bibliotecária - CRB-8/9253

Este livro segue as regras do novo Acordo Ortográfico da Língua Portuguesa (1990).

EDITORA: Almedina Brasil
Rua José Maria Lisboa, 860, Conj.131 e 132, Jardim Paulista
01423-001 São Paulo | Brasil

www.almedina.com.br

NOTA DO AUTOR

Escrevi esses contos em tempo e situações diversos. Não há neles uma "revolução" na linguagem ou na própria forma – o conto hermético nunca me cativou. Alguns deles não passam de formas simples atualizadas, essa fala cristalizada coletiva incrustada no inconsciente coletivo. Mantive uma linguagem fluida, aberta, dotada de mobilidade e de capacidade de renovação constante. Ela brota da terra e bebe água das formas simples – o mito, a lenda, os ditados, os provérbios, os causos etc. Tem cheiro de terra, de suor, de gente simples. Adotei a objetividade, desprezando os desvios e atalhos narrativos, os subterfúgios linguísticos, mantendo-me no âmago da questão.

Sejam bem-vindos ao estranho mundo de *Algo rói no peito*.

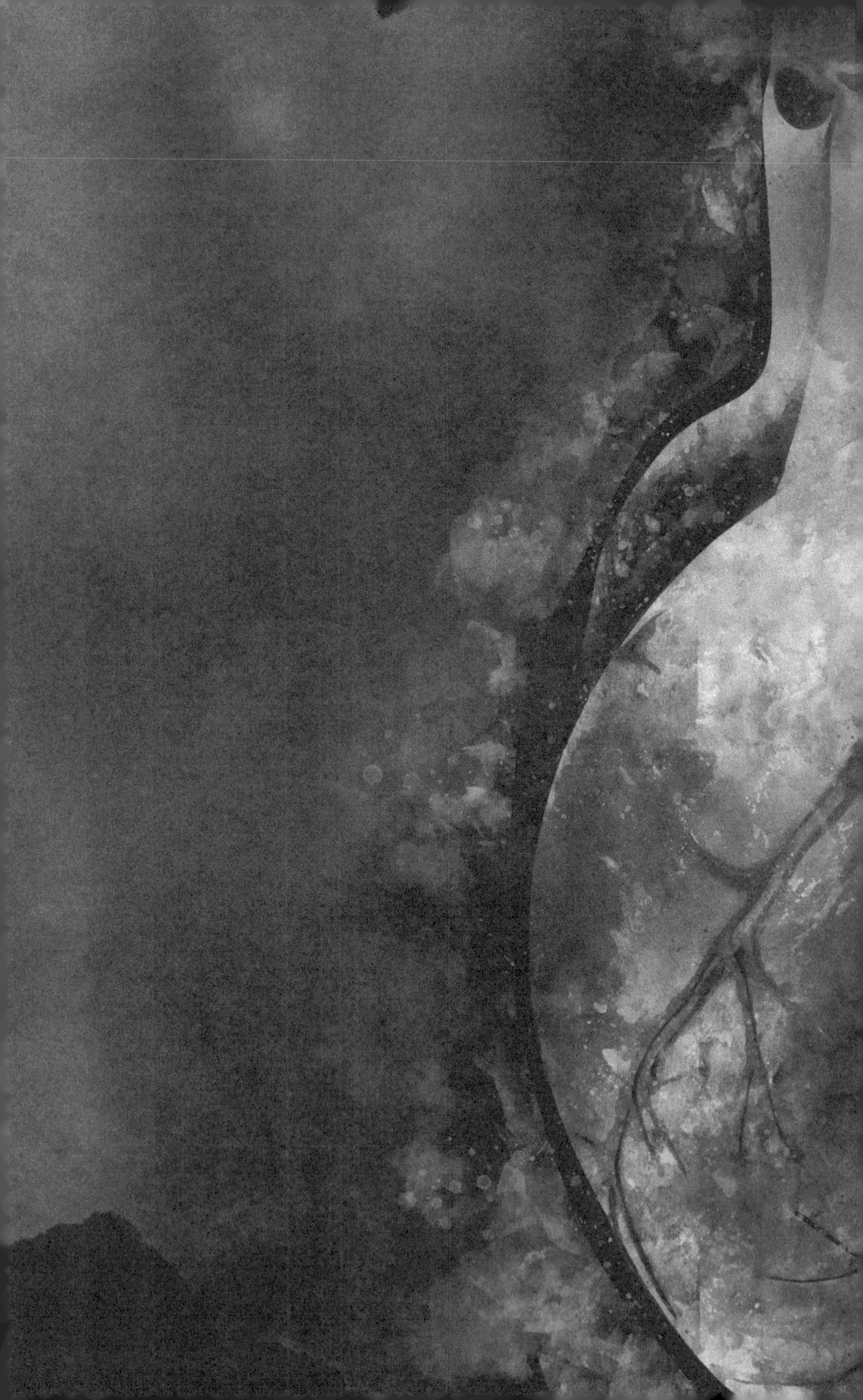

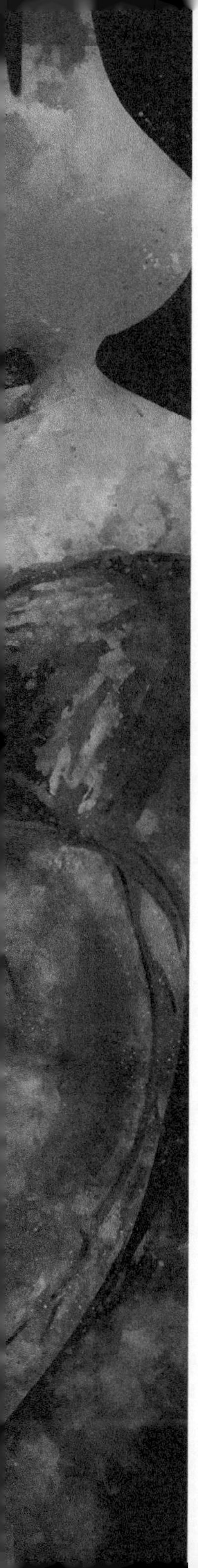

Contém

Algo rói no peito

Chovia naquela tarde e fazia frio. Até os pássaros estavam escondidos. Os répteis enfiaram-se nos buracos e ocos de paus. As nuvens pesadas comprimiam o ar sobre as árvores, as pastagens e as plantações.

Do jipe, desceram três pessoas no terreiro do sítio. Um, o mais velho, tinha barba e cavanhaque e usava chapéu preto. Os outros dois eram moços e usavam fardas da polícia local.

Bateram palmas em frente da varanda. Da porta da cozinha, saiu uma mulher. Tinha olhar assustado e parecia que sentia muito frio, a despeito do casaco de malha. Achegou-se ao pé direito da pequena balaustrada que cercava a varanda. O mais velho, sentindo os respingos da chuva gelada, colocou-se a sua frente. Fez um enorme esforço para falar. Parecia que a língua estava presa.

—Sabe, dona, sou oficial de justiça. Tenho que cumprir um mandado judicial. Viemos buscar o menino...

O rosto da mulher tremeu e perdeu a cor. Parecia defunta. A pele envelheceu como toque de maldição.

—Traga o menino.

Ela não se mexeu. Estava com os pés atados. Chumbo os prendia ao assoalho.

—Não queremos usar a força - e olhou para os dois jovens soldados. - Sabe, dona, estamos cumprindo a lei.

Com muito custo, ela rolou as palavras na boca.

—Sim, eu sei. Vou arrumar suas roupas... - a voz saíra engasgada, como pedra rolando no despenhadeiro, rouca, quieta e funda.

—Está chovendo muito, dona. Podemos abrigar na varanda?

—Oh, por favor...

Entrou na casa. Meia hora se passou. A chuva não dava tréguas. O frio enregelava.

Os jovens soldados conversavam animadamente, falavam de uma festa que acontecera em outra gleba. Uma festa de casamento. No final, o noivo recém-casado, bêbado, ao invés de ir dormir com a esposa, ainda vestida de noiva, montara a cavalo e rumara para a casa de seus pais.

—A noiva ficou uma cascavel! Queria separar-se...

—Ora, mas também!

—No outro dia, de tarde, o pai dele o trouxe de volta, já curado, depois de tomar um rol de chás... Estava envergonhado e assustado.

—Ela o aceitou?

—Havia outro jeito?

Surgiu na porta a mulher. Segurava o filho pequeno de apenas um ano e dois meses. Tinha os olhos vermelhos. O rosto cadavérico acentuava seus olhos descoloridos que miravam o vazio, o nada.

—Não tenha medo, Cirilo, eles não farão mal algum. Deus te proteja... - a cada palavra mordia os lábios ferozmente.

—Venha, bom menino, não tenha medo - o oficial de justiça quis abraçá-lo, mas o menino se encolheu, chorando, o medo estampado nas faces.

Foi arrastado até o colo do oficial, que o carregou até o jipe. Voltando-se duas ou três vezes, ia dizendo:

—Não me julgue mal, dona. Cumpro a lei. Não gosto de fazer este tipo de serviço. É minha obrigação.

Lá se foi o jipe jogando barro vermelho em espiral, caminho acima, logo coberto por uma espessa chuva branca.

Encostada no pé direito da varanda, a pele amarela esfarinhando, olhos vazios, ficou a jovem senhora, absolutamente sem vida. Tinha nas mãos duas lembranças da criança: o paninho de algodão que o menino cheirava antes de dormir e a chupeta seca.

2

Chamava-se Deolinda e procedera mal. Por autoridade de pais severos, casara-se com o filho do fazendeiro Leôncio. Mas não gostava dele. Desde pequena, cultivava sentimentos fundos e secretos por um colono trabalhador, mas pobre. Para os pais, o casamento dela era uma mina de ouro, o caminho da fortuna e da bonança. Para ela, o caminho do inferno. Godofredo, o marido imposto, conhecido arruaceiro, cultivava maus hábitos na cidadezinha. Frequentava festas e meretrícios, por qualquer palha criava brigas feias, de socos e tiros. Quando chegava em casa, mostrava-se furioso. Tinha um costume: remexia a sobrancelha para cima e para baixo, como de propósito, mas era inconsciente. Quantas vezes não fora obrigada a fazer sexo sentindo o bafo azedo da cachaça! Isto a deixava com nojo.

Enquanto isso, o colono que ela amara, secretamente, desiludido, mudara-se da região e, conforme se versava, casara-se com uma qualquer, pois um homem tinha que ter mulher para apaziguar os ânimos. Quando se chega do trabalho, exausto, o homem deve encontrar a casa varrida, a mesa posta e a cama cheirosa. Afinal, a recompensa por um dia suado.

O casamento por si só não é boa coisa: traz deveres, cerceia a liberdade, exige boa dose de compreensão. Mas se existe amor, os conflitos são devorados um a um; mas se o amor fugiu pela janela ou, mesmo, nunca esteve presente, como no caso de Deolinda, os dias se arrastam tenebrosos.

Havia outro empecilho. Godofredo não era fértil. Queria um herdeiro, mas não podia. Isto o deixava furioso. Jogava a culpa sobre ela. Era conhecido como garanhão, mas não fecundava.

—Sua cadela! - vociferava. - Você é árvore sem frutos! Que bela mulher arrumei!

Ela se amuava. Revidar era como acender o estopim. Colocava a mesa para o jantar, quase meia-noite. O bafo azedo da cachaça inundava a casa. Até os gatos fugiam da taipa do fogão, ressabiados e enojados. Deolinda aguentava as injúrias, os sentimentos roendo como soda. Era demais, não tinha amor, o respeito tornara-se algo impossível...

Que culpa tinha ela se ele não podia ter filhos? A princípio, ela se achava infértil, uma figueira inútil. Depois de vários exames, comprovara a situação inversa. Godofredo recebeu a notícia como uma bomba. A partir desse dia, tornou-se mais agressivo. Considerado o rei do terreiro por onde andava, de repente se vira garnizé envelhecido, sem utilidade. Afundou-se mais na bebida, desorientado, e envolvia-se com mais frequência em brigas.

Deolinda, então, resolveu separar-se. Mas ele não aceitou. Para que viver sem amor e sem filhos? Sem amor, vive-se, mas sem filhos? Para uma mulher, isto é impossível.

Três anos de casamento pareciam uma eternidade. Os dias se arrastavam. Não havia luz alguma no fim do túnel. Sobravam agressões. A cada dia, o drama inchava. Até que ponto teria forças para arrastar aquela vida miserável? Não era figueira seca.

—Eu vou lhe dar um filho, sim! Ouviu bem?! Não morrerei sem um herdeiro! Prepare-se para o que vier!

De repente, começou a arrumar-se. Ainda era bela. A juventude não murchara. Tinha olhos grandes, negros, maçãs do rosto salientes e lábios carnudos. Enquanto o marido rodava os meretrícios com suas conhecidas peripécias, ela jogou o véu do casamento pela janela e se pôs a passear pela cidade. Em poucos dias, arrumou um incauto cavalheiro e o romance se teceu.

História descoberta, Godofredo - marido ofendido e violento - disparou dois tiros no amante, que estrebuchou como porco na calçada. Lavou a honra em público. Nem cadeia pegou.

Deu uma surra em Deolinda, também em público e a arrastou para dentro de casa, severo, com a seguinte ordem:

—De hoje adiante, você não pisará o chão fora desta casa. Eu a matarei! Não sou de repetir a mesma cantilena!

Deolinda, semanas depois, começou a sentir-se enjoada, alguns desmaios, dores de cabeça. Enfim, estava grávida. Quando ofendida, rebatia:

—Queria um filho! Pois terá um! Eu não sou figueira seca. Daqui para diante, não me trate desse modo!

Mas, na cidade, conversas circulavam. Muitos acreditavam que o filho de Godofredo, o garanhão, era do amante. Havia chacotas, piadas indiscretas, risinhos abafados. Para Godofredo, era humilhante. Vingara a sua honra matando o amante da esposa. Matá-la seria imperdoável aos olhos da comunidade. Então, teve uma ideia: esperaria o filho nascer, infernizaria a vida dela, até que ela abandonasse o lar e, em seguida, tomaria a guarda da criança, conforme a lei.

3

Nenhuma mulher a visitou. Havia um secreto temor de que uma visita a uma adúltera e expulsa de casa fosse uma falta grave, como doença incurável. Deolinda permaneceu dentro de casa por dias: nas mãos o paninho da criança e a chupeta seca. Havia lágrimas em seus olhos inchados? Não. Olhava para o nada. No fogão, as cinzas mortas. Chovia forte e intermitente. O frio parecia mais gelado. As nuvens escuras tinham baixado do céu e pesavam sobre os morros e as árvores. De vez em quando, um trovão ensurdecedor estourava.

Assemelhava-se a um espantalho – a pele pálida esfarinhando e as mãos mostrando os ossos –, quando alguém, no meio daquela chuva, bateu à porta. Como não ouvisse resposta, empurrou a porta, que nem estava fechada, e entrou na cozinha, gotejando água. Era uma estranha senhora, muito bem vestida, meio espalhafatosa. Após tirar o chapéu colorido, notava-se nas faces boa camada de pó-de-arroz e carmesim nos lábios carnudos.

—Bem, ora o que vejo...

Andou de um lado a outro, rodando as longas saias, espalhando gotas de água da chuva, olhando Deolinda firmemente.

—Então, o mundo se acabou.

Pegou uma cadeira e sentou-se bem na frente dela. Voltou a olhar firmemente, como se olhasse uma estátua sem vida.

—Resolveu pôr fim na vida, hem!

Da bolsa, retirou um maço de cigarros e ofereceu a Deolinda. Como não recebeu nenhuma resposta, tirou um cigarro e, com um isqueiro dourado, com uma borboleta gravada, acendeu-o e, prazerosamente, deu longa tragada, soltando a fumaça no ar pesado da cozinha em forma de desenhos geométricos.

—Sou Andreza, moro noutra cidade.

Nada mais acrescentou sobre a origem. Podia ser uma região vizinha ou um ermo onde Judas tivesse perdido as botas, as meias e a cueca. Da redondeza, pelo jeito de falar e de se vestir, é que não era.

Esticou as mãos bem cuidadas. Mas Deolinda continuava olhando para o nada. Talvez nem tivesse percebido a presença daquela mulher.

—Bem, minha amiga! Se desejas cavar o poço, continue. Mas aviso: não vale a pena. Já passei por isso. No fundo, encontrará mais lama e, com certeza, retorno muito difícil.

Mirou-a de soslaio para ver se ela, pelo menos, manifestava algum sinal de vida. Deolinda não se mexeu. Então, ela voltou a dizer, com aspereza, enquanto andava de um lado a outro:

—Acabe de vez com essa agonia! O mundo não dá a mínima. As pessoas, dentro de suas casas, estão pouco se lixando. Acredite ou não: cada um de nós faz menos falta de que os vermes.

A casa parecia sem vida. Deolinda era alma penada sentada na frente da mesa segurando o paninho e a chupeta seca. Decidida, arregaçou as mangas do vestido, foi ao fogão. Com muito custo, acendeu os gravetos. Havia um feixe de lenha no canto, ela colocou algumas achas secas e, logo, as labaredas aqueceram o ambiente gelado.

—Você precisa de boa refeição!

Em pouco tempo, a panela de ferro fumegava e o aroma da sopa impregnava a casa.

—Há quantos dias não come?

Deolinda olhava as paredes. O menino ausente, com certeza, rodeava-a e a chamava. Seu coração via a imagem do pequeno saltitando à sua frente. Chamava-a? Percebia-se que, vez ou outra, estendia as mãos só ossos em direção dele. Queria agarrá-lo? Em poucos dias que ficara fechada na casa, sua aparência tornara-se pobre demais. As mãos pele e ossos, quando não estavam estendidas para frente, estavam encostadas no ventre. Em nenhum momento dera atenção à presença daquela mulher estranha. Ouvia alguma coisa? Até podia ouvir, mas não entendia. A voz da mulher ecoava surdamente, rolava num abismo.

—Coma. Isto lhe fará bem! - disse a mulher, estendendo um prato de sopa fumegante. - Salve, pelo menos, o corpo.

Deolinda não se mexeu.

Lá fora, a chuva caía oblíqua e a tarde ia avançando. As nuvens pesadas oprimiam. Pássaros voavam rente à relva. O frio úmido enregelava.

—Há remédios para todas as dores, sua boba! - voltou à carga Andreza, sentando-se também à mesa e servindo-se da sopa. - A vida, minha jovem, só pode ser entendida da frente para trás. Mas devemos vivê-la para a frente. Os tempos estão ruins, pois bem, nós estamos no mundo para melhorá-lo. Agora, por favor, coma! Você ainda é carne e osso!

Em resposta, o silêncio.

—Conheci o seu marido. Um traste. Não vale nada. É o próprio diabo. Sei muitas coisas sobre ele. Tenho pena do menino, mas o que posso fazer. Neste caso, ele está do lado da honra. Mas você não pode se acabar assim! Sem ofendê-la, considere-se com sorte por se livrar de um traste como ele!

Mais não disse. Esperou pacientemente que ela dissesse alguma coisa. Ouvia o barulho da chuva batendo no telhado e fustigando a janela.

De repente, como se voltasse de longo sono, Deolinda mexeu-se e estendeu a mão direita em direção da colher e, com movimentos lentos, começou a comer. Andreza não a interrompeu. Percebeu que ela estava faminta. Conforme a sopa era ingerida, aumentava o ritmo da colher. Raspou com gosto o fundo do prato. Olhava fixamente para a panela.

—Sirva-se. Também quero mais.

Deolinda não se mexeu. Então, Andreza a serviu. Ela voltou a dar colheradas cheias, rápidas, enquanto com o dorso da mão esquerda limpava os lábios. Assemelhava-se a um andarilho que há muitos dias não comia ou bebia.

Depois de limpar o segundo prato, sentiu sono e dobrou a cabeça sobre a mesa e dormiu por meia hora. Ao acordar, deu com Andreza sentada à sua frente, como estava antes.

Ambas ficaram por mais de meia hora conversando. Ao sair, Andreza deixou um bilhete numa folha amassada.

—Ficarei esperando por você.

Já havia escurecido e a chuva dera pequena trégua. Mas as nuvens continuavam pesadas e baixas.

4

Dias depois, a população da cidade a viu na estação, sem trouxa de roupa, com um vestido sujo e amarrotado, com uns chinelos gastos. Embarcou sozinha, sem olhar para trás. Quem a conhecia, ficou espantada e, ao mesmo tempo, com medo de se aproximar.

Muito se falou sobre Deolinda, mas tudo não passou de invenções. As boas mulheres da cidade ocuparam-se por dias com a sua partida. Quase todas achavam que Deolinda endoidecera. Logo o assunto, entretanto, cansou as línguas e a cidade voltou a se ocupar com outras trivialidades.

De posse do bilhete que a desconhecida senhora deixara sobre a mesa, ela partiu para longe, para outro Estado, cegamente, disposta a tocar a vida e passar vassoura sobre o seu passado. Olhava para a frente. O passado, num átimo, se perdeu na memória. Do dia de sua partida na pequena estação, algo se apagou em sua mente. Nem mesmo do nome se lembrava.

Andreza era dona de um cabaré numa vila de garimpeiros no meio da grande floresta. Ali se encontravam todas as espécies possuídas pela febre do ouro. Em cada pessoa havia o brilho da cobiça. Durante o dia, os homens se cansavam nas minas encravadas nas grotas, cavando e carregando terra misturada com cascalhos. De noite, bebiam e dançavam com as mulheres do cabaré.

Quando abria as portas do cabaré para mais uma boa noitada, Andreza deu de frente com Deolinda. A princípio, não a reconheceu. Estava suja e magra, os ossos quase furavam a pele do rosto, os cabelos enrolados e emaranhados. Quase a expulsou.

—O que deseja? Não dou esmola! – foi dizendo, carrancuda.

Não obteve resposta.

—Também não dou abrigo. Dê o fora! Se quer pousada e comida, vá até o fim do casario. Lá, o pastor recebe as almas perdidas.

Sem dúvida: o que estava ali na sua frente era alma perdida, peso morto, que a espiava sem piscar. Foi, então, que reconheceu Deolinda, lembrando-se de sua visita àquela cidade, quando arrebanhava mulheres para o seu negócio.

—Ora, ora... Veja quem está aqui! – estendeu-lhe as mãos bem cuidadas, solícita e risonha. – O fantasma ressurgiu das cinzas...

Puxou-a para si e a abraçou, empurrando-a porta adentro.

—Você precisa de bom banho e boa comida.

No salão fracamente iluminado, mulheres bem vestidas exalando perfumes baratos esperavam por clientes. Um bolero sertanejo tocava na vitrola.

Assim, Deolinda virou Tomázia. Passou a morar num dos quartinhos no fundo do cabaré. Quando o quartinho era ocupado com cliente, ela dormia numa rede no lado de fora, perto de uma horta que ela mesmo cuidava. Naquele pedaço de terra preta, terra e vida se misturando, sentia-se feliz. Era capaz de passar horas cavando e cuidando de tenras plantas. A cada mudinha que colocava na terra, ela mexia os lábios como se fosse oração. Todos os dias, visitava a horta e cuidava de cada planta como se fosse filho recém-nascido.

Andreza logo percebeu que fizera mau negócio ao recolhê-la. Tomázia conversava pouco e, quando falava, as palavras soavam ocas. O sangue não pulsava? Desta forma, os possíveis clientes começaram a evitá-la. Só um garimpeiro surdo-mudo gostava de ficar com ela. Ambos, entretanto, nada entendiam um do outro. Depois de horas em espantoso silêncio, o surdo-mudo ia-se embora planando, absorto e feliz.

Andreza não sentia compaixão por ninguém. Estava no ramo para ganhar dinheiro. Sentiu-se, porém, penalizada com a situação. Se fosse outra, mandaria embora rapidamente. Mas Tomázia se dedicava a todo serviço: faxina, cozinha, lavação de roupas e, sobretudo, quando ela não podia, colocava-a no caixa sob confiança. Tomázia não se apossava de nada, bem diferente das outras mulheres que, ao menor descuido, roubavam até a esmola da igreja.

—Olha a sujeira aqui! Quem vomitou neste canto? – berrava Andreza, furiosa. – Será que esses homens são animais selvagens? Tomázia, venha cá, limpe essa porcaria agora mesmo!

Lá ia Tomázia, com balde e vassoura, limpar a imundície. Não reclamava, cumpria a ordem cegamente. Por isso, em pouco tempo, tornou-se boa escrava.

Na frente de todos, Andreza gabava-se da servidão dela:

—É uma pepita de ouro, essa Tomázia! Nem sei o que seria de minha vida se, naquele dia, não tivesse parado naquela cidadezinha e, naquele bar, ter ouvido algo tão assustador como a sua história!

Foi, de fato, num bar que ouvira a história trágica de Deolinda. Vários homens conversavam entre si sobre o que acontecera. Andreza, curiosa, ouvira com atenção, fizera várias perguntas e, no dia seguinte, dirigiu-se à casa dela debaixo daquela chuva torrencial.

—Muito mais do que pepita de ouro! - voltava a dizer, fumando compulsivamente e tossindo.

Uma boa escrava: nunca estava interessada em dinheiro, situação rara numa vila de garimpeiros. Não perturbava ninguém. Falava o necessário e, na maior parte das vezes, eram frases desconexas. Ela não queria nada, recusava até mesmo as gorjetas dos clientes. Quase não comia. Continuava magra e pálida.

As mulheres iam e vinham, algumas morriam de doença brava, outras eram levadas por homens apaixonados. Tomázia permanecia por ali, limpando, cozinhando, lavando roupa. Por vezes, cantarolava, a voz espremida, como o gemido de aves noturnas.

5

Vinte anos se passaram. Para ela, entretanto, o tempo não andara, exceto no corpo. Estava arcada, cabelos ralos, brancos e encardidos. Na verdade, desde o acontecido, nunca mais se olhara no espelho. No menino, jamais tocou no assunto.

O progresso do garimpo se findara. Restava do cabaré apenas duas ou três mulheres emperebadas com varizes. Os homens que permaneceram na vila estavam velhos e fracos e muitos deles passavam fome ou estavam condenados. Andreza ganhara muito dinheiro, mas estava velha também. Não tinha mais coragem para ir atrás de outro garimpo.

—Bananeira que já deu cacho... É daqui para o cemitério... - dizia, enfarada, olhando a decadência do casario.

Tomázia quase nem comia. Quedava-se alheia. Pouco dormia. O garimpeiro surdo-mudo morrera há anos numa briga. Um pastor de uma nova igreja quis levá-la, mas Andreza se enfureceu. Ora, só faltava surrupiar-lhe quem cuidava de tudo! O pastor se esquivou e nunca mais apareceu.

Certo dia, quando o sol se punha amarelo sobre o casario decadente, subiu rua acima um jovem bem trajado. Parava de casa em casa e perguntava por uma mulher chamada Deolinda. Queria descobrir o paradeiro de sua mãe, que desde pequeno não a via, sequer se lembrava de suas feições. Não teria sossego na vida enquanto não a encontrasse. Parava nas casas e conversava pacientemente, como se estivesse garimpando ouro no meio do cascalho.

Bateu à porta do cabaré decaído.

—Tem um moço aí fora... - disse uma das mulheres que ainda faziam ponto. - Ele quer conversar com a madame.

Andreza, arrastando as pernas gordas, foi até à porta:

—O que quer?

O moço tirou o chapéu e, de olhos baixos, foi dizendo timidamente:

—Estou à procura de uma mulher, minha mãe, desaparecida...

Sacou do bolso uma fotografia amarelada.

—A senhora pode me informar se já viu esta mulher?

Andreza olhou a fotografia, depois o moço, reconheceu Deolinda quando jovem, voltou a examinar a foto atentamente.

—Sabe, moço, muita gente passa por um garimpo. Mas não me lembro de ter visto esta criatura...

Os olhos do moço se escureceram. Neste momento, passou por eles Tomázia - arcada, muito magra, cabelos brancos e encardidos, despenteada, como um fantasma. Empunhava vassoura e varria a calçada de pedras. Parecia mais velha do que nunca.

—Notícia falsa, senhora. Não descansarei enquanto não encontrá-la... É um vazio muito grande que me rói...

—Sinceramente, moço, não sei como ajudá-lo...

—De qualquer forma, agradeço. Até mais ver!

Lá se foi o moço estranho rua abaixo: desolado, triste, numa procura incansável, com um bicho roendo o peito.

Naquela noite, Tomázia morreu. Sem barulho, quieta, alheia a tudo, como vivera grande parte de sua vida. O caixão de madeirame bruto pesava mais do que o seu corpo enrijecido. Era um fiapo parecido com barbante.

Orifícios do ofício

Eu e porra-louca estudávamos Direito em São Paulo, e estávamos desencantados com a metrópole. O ano terminara. Um ano ruim. Acontecera de tudo. Fome, frio, bebedeiras, drogas, sacanagens infindáveis e polícia. Menos estudos. O nosso mundo, de repente, ficara vazio. Com as férias, os estudantes sumiram. E o ano começara ruim, também acontecendo de tudo. Janeiro foi vivido com fome, bebedeiras, drogas e sacanagens infindáveis. Fevereiro não estava sendo diferente. Às vésperas do carnaval, Porra-Louca disse, enfarado, um branco nos olhos:

—Oh, que diabos, mano velho, essa cidade me angustia, me abafa, me liquida...

Quarto de pensão – uma espelunca. Aluguel atrasado. Comer, onde? Nenhum mísero tostão. O restaurante da universidade fechara para reformas. A fome incomodava. A gente chegava nas lanchonetes e revirava os latões de lixo. Então, febrilmente, Porra-Louca começou a dizer:

—Vamos cair fora desse curral humano. Sampa é uma bosta! Pois, acredite, os mendigos estão esnobando em cima de nós.

Consenti. Lembrei-me de umas palavras que um certo pastor dissera há tempo: "Bem-aventurados os que têm fome e sede de justiça, porque serão fartos". Mas não foram suficientes para me consolar. Até mesmo os juízes se apressam em assinar a sentença quando estão famintos e os miseráveis são enforcados apressadamente para que o júri possa ir jantar. Assim, as palavras do tal pastor pouco consolo me ofereceram. Por força das condições, eu estava comendo minha própria filosofia. Um de nossos professores, gordinho e farto, sempre arrematava: "A hungry man is not a free man". Naquele momento, o gordinho era um sábio.

—Sampa não dá pé. Chegamos ao fundo do poço – voltou a dizer Porra-Louca, muito enfarado.

—Pega maneiro. O fundo do poço tem muita lama.

O sol se punha enfumaçado entre os prédios, a poluição tapava o ar e asfixiava. Pessoas andavam estranhamente pelas ruas superlotadas. Litros vazios de cachaça rolavam no assoalho da pensão naquele fim de tarde. O álcool, em nossos estômagos famintos, fazia estragos. Tão bêbado estava que entrevia fantasmas trepando pelas paredes.

—Lá na minha cidade – continuou Porra-Louca –, pelo menos o pão de cada dia. E tem cheiro dos trópicos, o ar ameno dos campos, e a cidade também não dorme. Uma vez, no carnaval, acredite, festei dez dias sem pregar o olho. Fiquei podrérrimo!

—Pé na estrada – eu disse. – Aqui a bananeira já deu cacho. Sampa aos sampeiros. E que se fodam. Ôh, terrinha de malucos.

Mas ele sequer dissera onde ficava a terra prometida.

—Que cabeça! Quadrínculo.

—Está no mapa? Que nome estranho.

Empacotamos as poucas tralhas em velhas mochilas e caímos na estrada. Pegamos carona num caminhão. Um motorista doido, completamente desmiolado. Corria a 150 por hora em estradas fodidas. Estava meio despeitado. Passava pelos guardas e mandava os bedelhos enfiar o dedo naquele lugar, aos berros. Ainda bem que era noite e poucos guardas estavam insones. Fazíamos coro: "É isso mesmo! Enfia no traseiro e goza!" O motorista ria que se acabava. Pagou-nos grandes sanduíches recheados com ervilhas. Sobre nossas cabeças, o céu estrelado. A carona terminou numa cidadezinha.

—É aqui que fico. Esperem amanhecer. Neste posto, ninguém fica a pé. Eu vou falar com os frentistas. São meus amigos.

Assim foi canja pegar outra carona. Mas foi cacete. Era um carro já usado, as latas batiam e o escapamento estava estourado. O homenzinho só falava em Cristo e da sua nova igreja. Dirigia com a mão direita e empurrava com a direita umas bíblias para o nosso lado. Ficamos com o saco cheio, a ponto de sentir saudades do motorista de caminhão. Antes de uma encrenca – e bastava um relance sobre o rosto de Porra-Louca para ver que, em poucos minutos, ele falaria besteira só para deixar o pobre homem enfezado e aturdido –, pulamos fora, aliviados. "Ufa, parceiro, quase viramos santos. Esse animal não sabe que a casa de Deus é o mundo" – cismei em voz alta. Andamos bom trecho a pé, o dedão esticado pedindo carona. Já desanimados, vimos nossas esperanças renovadas quando uma Kombi velha parou e nos colocou porta adentro, no meio de porcos e galinhas. O cara era granjeiro e estava indo a Quadrínculo fazer feira. Falava arrastado, sotaque caipira, puxando os rrrr, e ria espichado, mostrando a boca murcha com um único dente – e de ouro.

Chegamos a Quadrínculo suados e cansados.

—Veja - disse, abrupto, Porra-Louca, sorvendo o ar -, a brisa é perfumada. Pode-se sentir o cheiro do rio, da terra e também o cheiro das pessoas. Os trópicos, aqui, florescem. Compare a brisa daqui com a de Sampa. Aquilo é uma vergonha. Lá, de manhã, os pássaros não cantam. Apenas tossem.

Sugava o ar como se estivesse saindo de uma crise respiratória. Fiz a mesma coisa, completando:

—Essa tropicália é demais! Há perfume nos ares. Eu sinto!

Porra-Louca gostou de minhas palavras.

—Tropicália! Pois aí está o termo. Os trópicos, aqui, têm vida.

As ruas, embora movimentadas, pareciam pequenos caminhos de roça, quando comparadas com São Paulo.

—O meu tio vai ficar espantado. Faz anos que não o vejo. Você precisa ver que figura! É pirado de vez.

O velho morava numa vila paupérrima. Esgotos corriam a céu aberto. O cheiro dos trópicos desaparecera. Não estava em casa. Arrebentamos uma das janelas da meia-água. E ficamos ali, sentados num banco, falando sobre a imbecilidade dos homens. Porra-Louca dizia, afoito:

—Acho muito difícil dizer o que traz a felicidade. O dinheiro e a pobreza fracassaram. Mas estou propenso a afirmar que a felicidade consiste em um bom saldo bancário, uma boa cozinheira e um bom uísque.

—Estou com Voltaire. Para ele, os homens que buscam a felicidade são como bêbados que não conseguem encontrar a própria casa, mas sabem que têm uma.

—Eu não gosto muito de filosofia. Primeiro viver, depois filosofar. Para dizer a verdade, o que me salvaria hoje é grana. O resto é bobagem. No fundo, o que a filosofia tem de útil e belo é servir para consolar-nos de sua inutilidade. Pois, veja, estou louco para tomar um porre e não tenho um mísero cobre. O que faço com a filosofia? Cacete! Hoje, começa o carnaval e a gente aqui trepando com a filosofia. Estou farto de vidinha sem sal.

Eu ia retrucar. Mas chegou o dono do barraco. Estava assustado.

—Mas que diabo está acontecendo?

Porra-Louca se levantou, de braços abertos.

—Sou eu, tio, o filho do teu irmão Miguel.

O velho parou por um momento. Depois, sorriu.

—Por Deus, é o Zulmiro! Mas como está grande!

O que se seguiu foram abraços, vivas, urras e elogios. Há dois anos vivia com Porra-Louca e, até então, não sabia que o seu nome verdadeiro era Zulmiro. Isto me espantou. Convive-se com alguém durante tempo e quase nada se conhece do fulano.

—Quem é esse? - o velho mirou-me de alto a baixo, vivamente, olhinhos espertos correndo de um lado a outro.

—Vamos bebemorar!

Dirigiu-se a um baú velho e sacou uma cachaça antiga, sem rótulo, amarela.

Bebemos largamente. Aí o velho ficou maluco. Pegou um dos gatos - ele tinha sete, simplesmente porque considerava número de sorte - e suspendia o bichano acima de uma banheira cheia. O pobre animal, arrepiado, miava desesperado.

—Ah, gosto de fazer isso. Me dá prazer. Sinto os pelos elétricos. Oh, oh, que bichinho esperto!

Em seguida, soltou o gato, que saiu voando, desesperado. Depois pegou um resto de frango, que também estava escondido no baú, esquentou no fogãozinho de duas bocas, e nos entregou uma coxa cada, enquanto ciscava a comida e jogava os ossos aos gatos. Ainda com as mãos engorduradas, pegou uma bola e começou a encestá-la num balde vermelho de plástico dependurado no canto da casa.

—Ôh, hoje estou com a mão santa! - exclamava, quando acertava o balde.

E tomava cachaça. O velho estava com o diabo na pele. Largou o basquete improvisado e buscou um par de facas, começando a fazer uma demonstraçãozinha barata de como desarmara, há anos, um bandido num beco escuro da vila.

—O cara ficou assustado e saiu correndo. Ôh, tempo bão!

Sapecou outro gole espichado de cachaça. Porra-Louca delirava com suas façanhas, encantado.

—Eu não disse! Velho espevitado. Nem precisa de picadas nas veias. É de rachar a moleira!

Cada vez mais animado, o velho revirou o baú e nos mostrou suas economias. Um maço de notas graúdas. Dinheiro vivíssimo. Algumas tinham até bolor.

—Estou garantido. Vivo bem, não sou mão aberta. Só faço algumas festinhas. Há notas, neste bolo, que me acompanham durante vinte anos. Vejam, algumas são dólares. Em caso de inflação, estou garantido.

Esfregou-nos o maço repolhudo em nossos olhos ávidos. Pensei que eram falsas. Porra-Louca estava paralisado. Vi, em seus olhos, o desejo de posse. "Deixa pra lá, parceiro" – eu disse, puxando-o porta afora.

—Vamos cair na vida. Você me arretou tanto por esse carnaval.

Concordou, dizendo:

—Espere aqui. Vou despedir-me do velho. Não posso sair assim. Esse cara é genial. Maluco de vez!

Plantei-me no terreiro sujo do casebre. Era noite. Não havia estrelas. Um ratão passou sobre meus pés. Cachorros magros festejavam uma cadela rua abaixo. Porra-Louca demorou. Passou, nesse meio tempo, um caminhão de lixo e o barulho tomou conta do bairro.

—Vamos.

O velho não queria que a gente fosse. Quando bebe, detesta ficar sozinho. A solidão o mata.

—Se fosse mais novo, poderia vir junto...

—Quê! Em poucos minutos está babando e dormindo como um porco. Vamos. Quero te mostrar essa cidade.

Andamos um trecho. Porra-Louca estava falante, cheio de entusiasmo.

—Essa cidade é um chute nos cornos. Você verá. Não minto. Uma cidade porreta, por vezes tórrida e por vezes célebre, com suas misérias e grandezas, cheia de amantes excêntricos, solitários e bêbados inveterados. O carnaval de clube é cheio de gente besta, com o rei na barriga. Nós vamos é cair na baixaria mesmo!

Por enquanto, eu não via nada, senão periferias pobres. Mas, naquelas vielas, havia de tudo: caipiras podres de álcool, sujos e carcomidos; loiras de motel-pensão com os olhos inchados; gigolôs, massagistas e putas em fim de linha. Muita droga, é claro. Fomos entrando nos botecos, cada qual mais feio do que o outro. Não sei onde Porra-Louca arrumou uns cigarrinhos de maconha. Em poucos minutos, estávamos vendo elefantes voadores e cabras de várias cabeças. Depois do efeito minha cabeça pesava. Porra-Louca falava desbandeirado, divertia-se por nada, contando bazófias estúpidas. Começou a contar como desarmara certos bandidos armados de facas num beco escuro e não recebera nenhum arranhão. Percebia--se nitidamente que estava imitando os trejeitos de seu velho tio.

—Pare com essa ladainha! - fui grosso e incisivo. - Por que não escova urubu? Meus ouvidos não são depósito de lixo. Até agora não vi carnaval. Só putaria mesmo.

—Se você está a fim de cocotinhas e bichas requintadas, vá nos clubes. Eu não vou.

Uma lucidez me tomou de raspão.

—Cara! - falei, enquanto íamos a um banheiro fedorento. — O que faremos com a despesa? Estou limpo.

Mijando e arrotando ao mesmo tempo, ele resmungou:

—Fique gelo. O velho me emprestou grana. Podemos rebentar a noite.

Arrotou novamente, feio, como se estivesse bebendo água de esgoto. Fiquei assustado.

—Oh, não se preocupe - e arrotou mais alto. - Contei uma história triste, que meu pai estava com câncer, e precisava de ajuda... e consegui a grana. Fácil, a idade amolece, deixa os miolos bambos.

Estava mentindo. Aquilo era pura invenção.

—Grana não é problema. Essa gente de Quadrínculo verá o quanto somos de marca. Eles não nos esquecerão.

Me arrastou à farra. O banheiro fedia. "Arre, que pocilga!"

—O que seu tio faz para ter tanta grana?

Não me ouviu. Estávamos no meio do salão, cercado de putas decaídas.

—Pague mais uma dose, benzinho.

Porra-Louca mandava vir.

—O que você disse?

—Onde teu tio trabalha?

—É de espantar, cara! É de cair o queixo! Acredite: o velho é mendigo.

—O quê?

—Isso mesmo. Vive de esmola.

—Nossa! Conseguiu toda aquela grana?

Um som alto - marchinha carnavalesca melosa, dessas que as rádios vivem tocando - entupiu nossos tímpanos. Por meia hora. Porra-Louca desapareceu juntamente com uma morena de peitos caídos e manchas nas pernas. Cansado daquela bagunça, o cérebro tomado pelo álcool, saí porta afora. Chovera. O ar cálido da noite impregnou minhas narinas. O pátio barrento dava para uma BR movimentada. Caminhões carregados passavam chiando os pneus no asfalto molhado.

—Mas que merda! Por que estou nesta podridão, me enlambuzando em tanta porcaria?

Na minha cabeça, já confusa, rodava firmemente a forma que o tio de Porra-Louca ganhava a vida. Ora essa, esmolando. Fizera aquela pequena fortuna! "Cada ofício com seu orifício", pensei. "Oh, não, estou errado. O negócio é descobrir os orifícios do ofício. Quer dizer, com os diabos, cada cristão ou pagão deve cavar seu próprio orifício em seus ofícios. Sei lá. É confuso demais. Em cada lei há os orifícios da própria lei e é por isso que alguns roubam descaradamente e nunca são presos. Acho que peguei o fio da meada... O velho cavou os orifícios de seu ofício. Vive muito bem."

Foi neste ponto que apalpei os bolsos e percebi que havia perdido minha carteira. "Onde foram parar meus documentos? Estou frito." Na carteira sempre carregava a identidade, a carteirinha do grêmio da universidade e umas fotos de mulheres nuas. Nada mais. Onde perdera? Só podia ter sido na casa do tio de Porra-Louca. Lá, eu tirara todos os pertences e os colocara numa banqueta ensebada. E os esquecera. Que cabeça desmiolada.

Embarafustei boate adentro. Porra-Louca se divertia a todo fôlego. Subira em uma mesa e estava tirando a roupa, enquanto o escasso público batia palmas e gritava urras. Ficou pelado. Em seguida, puxou uma puta à mesa e a desnudou. Peladíssimos! O que aconteceu, em seguida, foi de estourar. Fizeram sexo ao vivo, entre urras, assobios e palavrões. Bêbados e mulheres ordinárias riam. Suado, ele desceu da mesa, vestiu-se e berrou-me aos ouvidos:

—Essa vida é maravilhosa e, ao mesmo tempo, nauseabunda!

Permaneceu alguns segundos quieto, amuado, desnorteado, com muitos grilos na cabeça. Olhar distante, como se tivesse perdido a referência. Puxei-o de lado. A princípio, não se moveu. Apenas balbuciou:

—Há coisas que estão fora de entendimento e, depois de feitas, são como as palavras: lançadas, não se tem mais volta.

Aquietou-se de vez, olhos vagos, como se tivesse levado um soco no meio da testa. Puxei-o de lado novamente e resmunguei:

—Perdi minha carteira.

Nem me deu bola.

—Cara! Ouça o que digo! Minha carteira sumiu!

Me olhou vagamente, distante.

—E daí?

—Você nem dá bola. Pimenta nos olhos dos outros é refresco.

—Você estava na lona, durango mesmo, mais liso do que pau de negro. Tire essa da cabeça e vamos cair na farra de novo. Carnaval é pra isso!

—Acho que deixei no casebre do seu tio...

Me olhou atônito, depois ficou branco, em seguida cor de cidra, arregalando os olhos.

—Seu jumento! Seu merda, caralho, filho de uma vaca! Só faltava essa! Mas que porcaria. Víbora do inferno...

Nervoso, olhos vidrados, pagou a conta, sacando do bolso um maço de grana. Saímos apressados, feito pé-de--vento, redemoinho descontrolado.

—O que aconteceu? Para onde vamos?

—Você verá.

Era de madrugada. Carros e ônibus circulavam. Com muito custo, conseguimos um táxi e assim retornamos ao bairro em que morava o tio de Porra-Louca. O sol despontava bonito. Havia uma tênue neblina pairando sobre os becos e baixadas. Um dia de calor e tanto. Bocejei pela primeira vez. Caminhávamos apressados pelas ruelas da favela. Porra-Louca estava irritado, chutando pedregulhos e socando o ar com raiva.

—Para que tanta pressa?

—Você verá.

—A carteira não foge. Com certeza, está no mesmo lugar. O velho estava tão bêbado que nem notou. Está lá, bem quietinha, esquecida.

—Você verá.

Meio chateado, nada falei - cerrei a boca, emudeci. Havia em nossos corpos um cheiro adocicado de perfume barato.

—Espere aqui.

Esperei. Caminhou apressado em direção do casebre do tio. Para meu espanto, em frente do casebre havia uma pequena multidão e um carro da polícia. O que estava acontecendo? Também me aproximei. Porra-Louca me arrastou de volta, muito nervoso.

—Caia fora! Enquanto é tempo. Aconteceu uma desgraça.

Eu estava boquiaberto.

—???

—Caia fora! - voltou a dizer, ríspido, muito nervoso, quase fora de si, o rosto petrificado.

—Pelo amor de Deus, pelo menos me diga o que está acontecendo.

—Não percebeu ainda? Largue de ser burro!

Não percebera nada. Simplesmente desejava rever minha identidade, a carteirinha universitária e aquelas fotos de mulheres boazudas. Então, ele disse:

—Mataram o velho e a tua carteira foi encontrada. A polícia já está com ela nas mãos.

—E daí? Não devo absolutamente nada.

—Você é o assassino! - berrou, entredentes, aos meus ouvidos.

Fiquei atônito. Um branco no cérebro. As pernas amoleceram. Leves lembranças do dia anterior vieram à tona. Passava por minha cabeça um caminhão de lixo fazendo um barulhão infernal.

—Caia fora! Você está em apuros.

Sobreveio-me a certeza: Porra-Louca, enquanto o aguardava no terreiro imundo do casebre e o caminhão de lixo passava fazendo um barulho estridente, matara o velho e roubara a grana. Como se estivesse acordando de um pesadelo, girei sobre os calcanhares para agarrá-lo pelo gogó e sufocá-lo, e deparei com o vazio, o nada. Porra-Louca simplesmente dera no pé. Ali, no meio da favela, desamparado e assustado, estava eu cavando os próprios orifícios da vida.

O sapo que bebia cerveja

Havia acontecido uma festiva reunião de amigos naquela tarde abafada. Quando todos debandaram, Rita começou a recolher as latinhas de cerveja vazias espalhadas sobre a mesa e o piso cerâmico, despejando as sobras num pequeno recipiente de plástico no canto do quiosque. Depois, exausta, sentou-se na cadeira de balanço, meditando sobre a reunião de amigos. Sem eles, sua vida se tornava inócua. Escurecia e certa nostalgia rondava os fundos da casa. Perdera o marido há seis meses. Foi tolhida por uma solidão mesclada de lembranças.

Eis que, de repente, um sapo grande e gordo, saltita pesadamente sobre as lajotas como se fosse um trapezista. Rita, assustada com o intruso, permanece imóvel. Para cá, para lá, o enorme sapo rajado, do tamanho de uma mão, saltita com as pernas abertas – proft, proft, proft! Pula na frente do recipiente de plástico com cerveja revirando os grandes olhos à espreita e, em seguida, estira a língua fina e comprida e começa a sugar a cerveja. Surpresa, Rita esboça sorriso discreto nos cantos dos lábios.

Naquela noite, custou a dormir. Rolou na cama, que parecia ter pregos. Ora, pois, um sapo que bebia cerveja... Algo inusitado. Recordava, entretanto, do falecido marido sentado no quiosque tomando cerveja nas noites de verão. Com essas lembranças, dormiu e sonhou – ora o marido bebia cerveja, ora o sapo bebia, e ambos estalavam a língua, satisfeitos. "Sou o príncipe que virou sapo!" – dizia o marido, rindo. Acordou abruptamente, muito perturbada. Deveria contar aos amigos? Jamais! Poderiam tomá-la como louca.

No dia seguinte, quando a tarde se findava, ela abriu duas latinhas de cerveja. Para ela e para o sapo. Sentou na cadeira de balanço, recordando-se do falecido, homem alegre, com respeitável barriga. Nas tarde de verão, sentava-se ali para beber cerveja e dizia: "Quando morrer, minha querida, eu virei visitá-la, mesmo que seja na forma de sapo." Ela rebatia: "Que horror, Honório, não fale bobagem. Por que um sapo? Tenho horror a essas criaturas, asco ou sei lá!" Honório, gargalhando: "Hoje, sou o teu príncipe. Quando morrer, voltarei como sapo. Tolinha: todo príncipe vira sapo". E ria desbandeirado.

De repente, eis o sapo saltitando – proft, proft, proft! Para lá e para cá. Em seguida, olhos saltados e atentos, estira a língua fina e comprida sobre o recipiente de cerveja e bebe fartamente como se sugasse por um caninho. Depois, modorra por ali, sobre as lajotas, mirando Rita, sem dar importância aos insetos. De vez em quando, saltita diante do recipiente de cerveja e estira a língua para bebericar. Rita, então, abre sua latinha – praft!, e faz um brinde.

—Pra você, meu querido! Sei que é você...

O sapo rajado beberica também. Depois, saltitando pesadamente, estonteado, desaparece. Rita vai para o quarto e custa a pegar no sono. Quando dorme, sonha. Lá estão o falecido e o sapo tomando cerveja. Riem, conversam animadamente, depois se fundem num corpo só. Honório tem a pança e as pernas de sapo e os braços e a cabeça dele mesmo. Que noite! Acordou muito assustada. Estava, entretanto, excitada, como se alguém a tivesse possuído durante o sono.

No terceiro dia, chegou a ligar para uma amiga para falar sobre sua experiência. Desistiu. Quem acreditaria na existência de um sapo que bebia cerveja? O que dizer de seus sonhos estranhos? Ansiosa, aguardava o começo da noite. O sapo rajado apareceria? Ou o que presenciara não passava de visões? Com duas latinhas de cerveja, uma para ela e a outra para o visitante, sentou-se à espera de seu príncipe que se tornara sapo. Depois de longa espera, ei-lo saltitando – proft, proft, proft! Sem cerimônia, estira a língua fina e comprida: chuap, chuap, chuap! Depois, queda-se imóvel como se respaldasse numa velha poltrona.

—É você, meu querido? Sei que é você! Estou com tanta saudade...

O sapo coaxa, um ronco forte, como arroto. Molemente, estonteado, vai embora, pulando bambamente. Rita vai para a cama. Custa a dormir. Sonha: o falecido e o sapo rajado se fundem, e lhe dizem palavras amáveis. Acorda assustada. Acende a luz. Para seu espanto, sobre a cama, no lado que Honório dormia, está o sapo rajado, dormindo profundamente.

As flores, aos vivos

Hoje, não foi fácil.

Acabo de chegar do crematório. Vi o meu amigo João Simões virar cinza. Domingo de tarde, ele pintou a própria cabeça com tinta vermelha, despiu-se no fundo do quintal, enfiou uma cenoura de bom tamanho no rabo e se enforcou, no galho da goiabeira. Sua mulher, ao voltar de uma festa, embriagada, mais do que um gambá, na qual tinha ido de manhã, topou com João Simões dependurado na goiabeira, os pés quase ao rés do chão. O que ela fez? Recuou assustada e voltou à festa. Lá ficou o cadáver oscilante... até que um vizinho descobriu, quase noite.

Depois de avisar a polícia, fui avisado, nem sei por quem. Coube a mim e à mulher do vizinho, uma senhora gorda, a cabeça atarracada no corpo, a cabeleira acinzentada, que não tinha obrigação nenhuma, a tarefa de prestar os últimos serviços ao cadáver nu, a cabeça rebocada de vermelho.

O corpo estava frio, já havia endurecido. Sua mulher parecia uma imbecil, olhava para o nada, grunhia de vez em quando. Por mais que tentasse lavar a tinta de sua cabeça, mais ela borrava. Vizinhos e amigos bateram à porta para dar as condolências, mas, sem mais nem menos, estúpida, a mulher dele os despachava abruptamente. Depois de lavado, já no caixão, ficamos os três a velar o morto, um repositário de bilhões de células, antes vibrante de vida, entrava já em processo rápido de desintegração e putrefação. Pela meia-noite, a mulher do vizinho foi-se. Ficamos – eu e a mulher imbecil do finado – a velá-lo mudamente. Conversar o quê?

Uma vida vivida dolorosamente. 37 anos de vida. Agora, desintegrava-se, a represa da pele a se romper, e as células fermentadas escorrerem. Para me prevenir do mau cheiro, fui até o jardim e cortei um punhado de rosas e espalhei ao redor dele, entre o corpo e a parede do caixão.

Sem mais nem menos, um fim na vida. Não pude deixar de sentir inveja. Ato de coragem. Procurei pela casa algum bilhete. Nada. Enlouquecido, despira-se, borrara a cabeça com urucum, enfiara uma cenoura no rabo e se enforcara. No fundo, me sinto culpado. Há seis meses, quando viera da clínica, suas faces demonstravam que nada estava bem. Devia tê-lo persuadido a voltar para lá. Mas não tive coragem. Achei melhor que ele ficasse em casa, na companhia da esposa. Tento me convencer: lá seria pior, cometeria o suicídio do mesmo jeito e na frente dos outros loucos, que ficariam muito impressionados. O melhor para ele foi sair daquele lugar e tentar viver livremente.

De repente, a mulher levanta-se do sofá, dirige-se ao morto, e começa a esfregar incansavelmente os seus pés, as faces transtornadas, os cabelos desgrenhados, como se o cadáver pudesse ressuscitar de uma hora para outra.

—Ah, não me queira mal, querido! Eu sei por que você fez isso... Por causa de nosso filho, não foi?

Olho para a mulher e sinto nojo. Onde ela estava quando ele cometera suicídio? Na festa, bêbada, bailando.

A morte é isso – penso, deixando aquela imbecil na escuridão. Todo mundo tem que morrer. Daqui a 50 anos, ou menos, ninguém perguntará como a maioria das pessoas morreu. Fez bem, meu amigo: felizes são aqueles que escolhem como morrer.

A mulher de meu amigo morto senta-se numa cadeira de braços e silenciosamente continua a beber. Na mão esquerda, empunha um copo americano – a mão parecendo um galho seco de árvore que, aos poucos, umedece – e o litro de uísque e o depósito de gelo num balde de inox descansam no chão perto do caixão, ao lado de seus pés descalços, que também se assemelham a raízes de árvore seca.

—Ele me dizia – apontou o morto – que as pessoas que bebem são fracas, têm medo da vida. Mas o que ele fez?

Emudeço. Olho para o nada. Não tenho ânimo para nenhuma conversa. Assinto cautelosamente com a cabeça. O cheiro das velas queimadas me dá enjoo. Depois de emborcar o copo americano, ela volta a dizer:

—Depois que ele veio da clínica, tornou-se uma estátua de sal, mudo, insensível como pedra.

O cheiro do seu hálito rescendendo a uísque paira no ambiente e se mistura com o cheiro de velas queimadas. Qual o mais enjoativo? Sinto ânsias, um comichão arranha a garganta. A noite abafada me empapa a roupa de suor. Abro as janelas para deixar entrar um pouco de ar. Ela continua bebendo, semiparalisada, sem ter para onde ir ou fugir. A cor de seu rosto parece a de um peixe seco. Resmungo:

—Tanta sede de vida, tanta vontade de vencer, quando adolescente... Era quem nos guiava, dizendo: "O mundo pertence aos audaciosos!" Agora, esta surpresa. Aí está... um bagaço sem vida.

A mulher ergue a cabeça como a de uma doninha. Emudeço. Para que revirar o passado? Permaneço de costas para a mulher. As mãos suadas. Não sei por que me lembro de uma frase repetida pelo morto quando jovem: "As flores, aos vivos!" Era Finados e ele estava indignado com a multidão levando flores aos mortos. "Sim, aos vivos, as flores!"

Antes de ir à clínica, dizia-me:

—Não há futuro, meu amigo, e o presente é uma carga insuportável. Viver... para quê? Fomos enganados. Não existe nada lá.

—Mesmo que não exista nada lá é bom viver. Temos que construir alegria até mesmo onde não há - rebati, preocupado com o poço onde ele se metera.

—Bazófia! Estou cansado disso tudo. A fadiga e um sentimento inexplicável me fazem sentir como se um dente podre estivesse me incomodando. Você não sente também, na boca, um gosto desagradável, bastante fútil?

—Sai, satanás! - rebati. - Não sinto nenhum gosto de futilidade. Eu quero viver! E muito!

—Por isso te admiro.

Essa conversa aconteceu quando nascera o seu filho. Em geral, pensei, quando um filho vem ao mundo, as esperanças se renovam. Mas, com ele, nada disso aconteceu. Tornou-se mais áspero, rude, inconsequente. Mas a loucura ainda não se revelara. Talvez, ele a escondesse sutilmente.

Por causa do filho? Sim, pode ser. Com três anos, uma febre desconhecida o levou em sete dias. Depois disso, rompeu a tênue linha entre a realidade e o absurdo. João Simões começou a dar sinais de loucura. Passeava pela casa e pelo quintal abraçado a uma boneca de pano suja, como se embalasse o filho.

—Ele era veado, sabia?

Continuo calado. O que dizer? A conversa da imbecil me aborrece. Não é momento para discutir sexualidade. Onde ela quer chegar? Arrasta com os pés o balde de gelo, coloca três pedras e enche novamente o copo, e volta a beber. Tem o rosto de peixe seco, olhos parados. Dispara mais conversa tola.

—Amava você! Tinha paixão doentia por você. Muitas vezes, surpreendi, em seus sonhos, pronunciando docemente teu nome.

Espantado, nada falo. Que conversa!

—Ele, no começo, até trepava. Mas, nos últimos anos, nem isso fazia. Por mais que eu quisesse, ele me repudiava. Não trepava! Tinha nojo da coisa! Ele queria homem. Queria você! Que apodreça no inferno!

Não fala. Grita, engasgada num choro reprimido. Emborca o copo de uísque como se fosse água.

—Amava você! Era veado! Como me enganei! Que se dane nas labaredas do inferno! Onde fui me meter?

—Você está bêbada!

Voz pastosa, grita mais alto, como se estivesse no meio da rua. Por que não deita? Eu cuido do morto. Mas não. Novamente enche o copo, com três pedras de gelo, e emborca. Caramba! Ainda bem que não há outras pessoas no velório.

Que noite sem fim. Minha cabeça está demasiadamente embrutecida pela fadiga e desilusão. O fio da meada me escapa. Acho que cochilei... Mesmo que revolva minha mente em vão, o cansaço me toma.

De manhã, pelas oito horas, chega a funerária. Nada de capela, nada de amigos, vamos direto ao crematório. Estou um trapo. A mulher do morto também está irreconhecível. Lá vamos nós - eu, ela e o morto.

Vejo o caixão tapado ser empurrado para o forno. Em seguida, alguém acende a fornalha. Em poucos minutos, as labaredas crepitam, a água do corpo se esvai, fica um montinho de cinza. O cremador nos avisa:

—As cinzas estarão à disposição daqui a três dias - nos avisa, como tarefa rotineira, simples realidade.

E é só. Tudo acabou. O sol das dez horas bate em cheio em nossos rostos. A mulher do finado parece fantasma ressuscitado. O que eu esperava? Que os anjos tocassem trombetas na hora de cremação? Aos mortos, o nada. Pelo menos, cremado, não serviu de comida aos vermes vorazes. Absorto, repito as palavras do inexistente:

—As flores, aos vivos...

Hoje, confesso, não foi fácil.

Paz e sangue

Aquele natal manchara-o por toda a vida.

O mulato Xavier, ao se aproximar da data festiva, começava a passar mal, como se o sangue parasse; o corpo gelava e as palavras empedravam-se à boca, gaguejando. Um leve tremor o percorria, os pelos eriçados.

Durante anos, fora meeiro, assim que viera de Minas Gerais, fascinado pela riqueza do ouro verde. Lá, se contavam fantásticas histórias de enriquecimento rápido nas terras roxas. Não eram histórias do garimpo, que os homens se metiam a cavar como tatus, à procura da grande sorte. Era terra boa – toda semente vingava. Tinha mulher e três filhos, um menino e duas filhas gêmeas.

Nem sabe como viera parar no vale. Como tantos, veio no escuro, sem rumo e sem aprumo, disposto a tudo. O Norte de Minas padecia frequentemente de secas contínuas e prolongadas. A terra, lá, calcificava-se.

—Bananeira que já deu cacho. Deve haver outro lugar neste mundão – dizia, cenhos fechados. – Pior não há de ficar.

Bom trabalhador, depois de seis anos, conseguiu amealhar boa soma numa colheita de café e comprou aquele pequeno sítio, numa baixada, terra que ninguém dava valor. A geada queimava tudo. Todo mundo sabia que terra boa era no espigão, nos morros arredondados, onde a geada não fazia cócegas. Mas a terra nem era roxa. Preta como carvão, com várzea e nascentes.

Um sonho, aquela conquista. De meeiro a proprietário. Com a graça de Deus, não precisava mais alugar os seus braços e seu suor. Uma tirinha de terra, sim, mas era proprietário!

Mas tal feito deu origem à inveja. Poucos conseguiam livrar-se dos patrões – nortistas e nordestinos viviam como escravos, atolados em dívidas nos armazéns e sempre ficavam devendo. Quando findava a colheita de café, no acerto de contas, os homens coçavam a cabeça, desanimados. Restavam as dívidas. O que fazer? Criar um manto de esperanças. Quem sabe, no ano vindouro, tudo se resolveria.

O sonho de adquirir terra se tornava longínquo. No ano seguinte, lá estava a dívida, um pouco maior. Por isso, muitos desdenhavam do pequeno sítio de Xavier. Que mulato sortudo! Com certeza, alguns diziam, roubara do proprietário. Não sabiam que Xavier era até sovina. Guardava centavos como moeda de ouro.

Um deles morava logo adiante, noutra gleba, um tal de Ambrósio, atendido por Mão de Gato, moço ainda, mas destrambelhado. Bebia e roubava os colonos. Era ruim, as paqueras do diabo.

O sitiozinho de Xavier, aos poucos, tornou-se um paraíso – plantação, pomar, horta, pastinho verde para a vaca Mimosa, chiqueiro com porca criadora. Xavier, mulher e filhos queimavam o lombo de sol a sol. E Deus os retribuía. Celeiro cheio, porco gordo no chiqueiro.

Enquanto Xavier e família trabalhavam, Mão de Gato mentia, brigava, roubava. E, sempre que via Xavier, provocava-o, ameaçando sová-lo. Invejava a sua fortuna, por isso destilava ódio como serpente.

—Ainda hei de sová-lo como massa de pão, até quebrá--lo – divulgava, olhos injetados, sempre que bebia.

O vale sabia de suas intenções. Mas achava que todo aquele falatório sem razão não passava de fogo de palha.

Num Natal, quando eles foram à cidade, limpos e bem trajados, para a missa do galo, numa charrete puxada por um cavalo baio de bom trote, Mão de Gato, o Ambrósio, que ficou à espreita durante o dia, surrupiou a sua granja: um porco gordo, três galinhas carijós, dois sacos de feijão e uma cartucheira que ganhara do avô, já falecido, além de quase matar o cão com uma paulada.

Ao voltar da cidade, o coração empanzinado de amor, ainda com as palavras fortes de padre Salvino na cabeça, depois da meia-noite, ele se deu com a porta arrombada da casa e do celeiro, e nada do ronco do porco no chiqueiro, e o cão de pelo amarelo com a perna traseira quebrada.

No dia seguinte, denunciou o suspeito à delegacia. Foi em boa hora – disse o delegado. Há tempo, ele queria pegar o gatuno. Fizeram uma visita súbita e lá, na casa do suspeito, encontraram os vestígios do roubo, embora o porco já estivesse morto e estendido numa mesa de tábuas improvisadas.

Mão de Gato foi preso e ficou lá por duas semanas. Houve começo de paz. Depois, voltou a fazer as mesmas façanhas diabólicas, enraivecido. Dizia-se inocente e o delator haveria de pagar com a vida. Bufava de raiva ao ver Xavier. Antes que se vingasse, num domingo à tarde, podre de bêbado, envolveu-se numa briga de bar e assassinou um lavrador a facadas, na frente da farmácia de Damaso, que ainda teve o trabalho de tentar salvar o esfaqueado, mas o sangue corria solto.

Então, foi preso, julgado e condenado.

2

O povoado respirou aliviado e houve um longo período de paz.

—Ele voltará, tome cuidado, Xavier!

—Seja o que Deus quiser - respondia, amuado, sem mostrar receio. - Onde está tem muito tempo pra se arrepender ou pra piorar...

—Aquele caco é imprestável, é obra do Cão.

—Não se deve temer os tomados pelo rancor. Deus sabe o que faz. Sou de paz. Vingança é prato gelado.

—É bom ficar prevenido. Na cadeia, o Diabo come moscas.

Cinco anos se passaram. Ninguém se preocupava em trancar portas, vigiar celeiros, andar pelas estradas à noite. Existiam, sim, os casos de assombração, mas, depois que houvera o pressuposto exorcismo, com a alma de Madalena, ninguém mais se fiava em coisas do outro mundo.

Eis que, na antevéspera de Natal, dia de céu límpido, um susto abalou o povoado e as estradas e os caminhos das propriedades. Estava escurecendo, a paz de Natal já pairava sobre as pastarias e cafezais. Foi, então, em pleno anoitecer silencioso, que entrou no povoado em disparada um desabrido galope, espalhando poeira e pedregulhos sob os cascos. Estava de volta Mão de Gato e os velhos sentiram bambear os joelhos e as mães correram a recolher os filhos que brincavam no meio da rua.

Havia fugido da cadeia de Londrina. Dera um soco no carcereiro, no meio da testa, matando-o num só golpe e, de posse de um revólver, dominara outros agentes e soldados. Em Cambé, roubara um cavalo marchador e viera, a galope, durante o dia, até Apucarana, abandonando o animal quase estropiado de tanta judiação, em seguida se apropriando de outro animal, de bom porte, malhado, e viera entrar na cidade naquele trote doido. Parecia mais um demônio galopando.

Logo a seguir, o delegado recebera ordem para prendê-lo, a qualquer custo. Reuniu os dois soldados e rasparam em direção do sítio do foragido, já noite. Ninguém cuidara da propriedade naqueles cinco anos. Aos poucos, se tornara uma selva. O mato tomara conta e o casebre ameaçava ruir. Não encontraram vivalma. Somente o pio agourento das corujas e o coaxar da saparia nos brejais. Com faroletes, vasculharam o casebre até à cumeeira, viraram cada palha, vistoriaram o quintal tomado por ervas daninhas, mas nada encontraram, senão destroços do tempo. Retiraram-se, desapontados, ludibriados. O procurado se evaporara. Estavam cansados, era véspera de Natal, tinham esposas e filhos esperando. Ficasse para outro dia a caçada.

Quando o silêncio voltou à propriedade abandonada, Mão de Gato saiu de um buraco, um velho poço coberto com grama e samambaia, e flores silvestres. Percebera o trote da comitiva que vinha prendê-lo e, mais do que depressa, se enfiara naquele poço. Estava molhado até a cintura, mas sentia-se satisfeito.

3

No povoado quase-cidade, padre Salvino badalara o sino, dando início à sagrada festa de Natal. As batidas do bronze ressoaram além do casario, cafezal afora, entre chapadas, morros e grotões, sonorizando a noite cálida. Dia mais bonito do que aquele, com a noite estrelada, a Via Láctea explodindo em brilhos e névoas, o Cruzeiro do Sul e as Três Marias esbanjando magia nas alturas, não podia haver. As estrelas se acenderam na profundeza do espaço e ficaram cintilando, miudinhas e frias, e distantes. De repente, a noite silenciosa ganhou vida e grilos cricrilavam sem parar, mariposas flutuavam em ziguezague, tremulando, e pássaros noturnos gorjeavam, um aqui, outro acolá, como notas melódicas; e, nos brejais, os sapos martelavam em compassos ensaiados. Caboclos violeiros e andarilhos empunharam suas violas e soltavam as melodias, velhos dramas e canções de amor. Sim, uma boa noite de Natal...

Em todas as casas, a festa já começara. Casas arrumadas como se fossem para receber visitas. Depois de terem brincado na terra roxa, e encardidas, as crianças tiveram que entrar no gamelão de madeira e se esfregar com grandes pedaços de sabão feito com sebo e soda. Deixavam-se lavar e esfregar com certo heroísmo. Queriam receber presentes quando badalasse meia-noite. Haviam brincado desde cedo, mas com algo roendo por dentro. Gastaram o tempo colhendo frutinhas do mato, correndo e assustando o gato, puxando o rabo e as orelhas do cachorro, fizeram bolos de barro no quintal, ao lado da bica d´água, moldaram soldados de barro, travaram batalhas, brincaram de esconde-esconde, subiram nas goiabeiras. Estavam, ao anoitecer, exaustos, mas ansiosos, a curiosidade roendo por dentro. Se não fosse véspera das festas, dormiriam sujos encostados nos bancos e sacos de cereais. Sim, quem não tomasse banho, o Menino Jesus não perdoaria. Um a um, eles entravam no gamelão de água morna, que as mães iam esquentando numa chaleira de ferro no fogão, o fogo crepitando. Os mais novos choramingavam e eram tratados com palmadinhas indolores pelas mães ou irmãos mais velhos. Haviam esperado pela noite de Papai Noel com ansiedade. Depois das crianças, os adultos entravam no banho ritual, desajeitados, naqueles chuveiros de zinco dependurados numa travessa de madeira, com a torneirinha e a boca cheia de furos. E tinham que ser rápidos, senão a água acabava e os corpos ficavam ensaboados. Vestiam suas roupas domingueiras e também esperavam impacientes. Finalmente, limpos e com roupas de passeio, crianças e adultos, se achavam preparados para a festa mágica.

As mulheres também estavam exaustas. Por uma semana se empenhavam nas quitudes. Primeiro, faziam a massa para macarrão e cortavam-na em tiras sobre a mesa, preparavam o molho com tomates cereja, cebola, salsinha e alho. Fornadas de pães, de rosquinhas salgadas e açucaradas, enroladas à mão, e de bolos saíam dos fornos de tijolos, e o cheiro adocicado deixava aquelas casas com jeito de palácio. E os assados, então? Frangos recheados, patos, leitões, capivaras – Deus do céu, quanta fartura! Por toda a casa, o aroma saboroso. Estavam cansadas, sim, mas esperavam pelo Menino Jesus, e o cansaço se desfazia, não pesava sobre os ombros.

Num canto da sala de todas as casas, lá estava a árvore de Natal, preparada com carinho, logo abaixo do oratório, figuras desbotadas de santos e papa católico. Haviam colhido frutinhas do campo e uma planta do quintal, para substituir os pinheiros, apoiada numa lata de querosene; compunha o enfeite, com pedaços de papel colorido em tiras pendurados, se movendo à brisa da noite, e bolas de papel azul, vermelho, amarelo, que flutuavam, farfalhando, como brisa.

Os japoneses tinham o seu jeito, não se misturavam. Uns colocavam Buda no meio da sala; outros, simplesmente diziam que nada daquilo era importante. Mas ninguém dizia a eles o que fazer, e todo mundo queria a paz. Os japas, como diziam, não se misturavam, fortaleciam seus hábitos, pretendiam viver da forma deles. Riam pouco e quase não falavam com os habitantes diversos que por ali viviam. Mulheres, por época do Natal, trajavam quimonos coloridos e também festejavam quietamente com suas famílias.

Os alemães, com suas comidas esquisitas, mas saborosas, festejavam três dias seguidos e, na casa deles, havia muita fartura, o cheiro agridoce dos chucrutes pairando até no quintal. E a cerveja caseira era tomada em grandes canecos de barro. Fartavam-se na bebida, depois se deliciavam com o strudel de maçã e pãezinhos de mel. Os marrecos recheados borbulhavam nos fornos, estalando, e depois lotavam as mesas. Junto das travessas de marrecos recheados, o sadio pão de centeio com manteiga fresca, as douradas favas de mel, os deliciosos moranguinhos com nata, o leite coalhado servido em tigelas azuis e polvilhado de açúcar sem refino e migalhas de pão preto. As crianças brancas e loiras se deliciavam como abelhas num prato de melado. No dia seguinte, o de Natal, a festa continuava, a família se reunia debaixo dos pés de tílias, falava numa língua que ninguém entendia, e aquelas tílias floridas e frondosas só existiam nas casas alemãs, que tinham sido importadas de fora, da Áustria, Suíça e Alemanha, por seus antepassados em longa viagem de navio, no começo do século XX, aportados em Itajaí, subindo o rio Itajaí-Açu, Blumenau e o Oeste de Santa Catarina. E ali estavam logo na entrada das propriedades dos alemães austríacos, como marca, exibindo beleza, como forasteira que não queria mais abandonar o vale.

No Natal, logo de manhã, os patrões visitavam os colonos e davam às crianças brinquedos baratos comprados nos armazéns, distribuíam balas de hortelã, jogavam moedas. Aos homens – meeiros e diaristas –, brindavam com garrafões de aguardente ou de vinho, para que se fartassem. Sim, era Natal, e as desavenças eram esquecidas, o silêncio da paz deixava-os bondosos.

Na casa de Xavier reinava também o silêncio da paz. As crianças estavam lavadas, penteadas e vestidas. A melhor roupa – algodãozinho xadrês, calças de brim, blusas e saias de rendas, tecido axadrezado. A mesa, com a toalha branca com rendados de crochê, usada só nesta data, dava o brilho especial. Logo que tomou banho, viu seus filhos sentados, enfileirados no banco, à sua espera, bem do outro lado da alva toalha. Três rostos festivos, corados, limpinhos, cheirando a sabão, que logo se tornariam adultos e, juntos, poderiam trabalhar no siotiozinho. As gêmeas, que doçura!, tão parecidas, tão iguais, rostos achocolatados, olhos verdes, pareciam ter saído naquela hora dos contos de fada, de castelos medievais. Sua mulher, também arrumada, com aquele vestido que acostumava ir aos batizados e festas de casamento, parecia uma princesa. Segurou-se firme, quando algumas gotículas começaram a borbulhar de seus olhos. Ah, como era bom chorar de alegria...

—As orações, homem de Deus – ordenou a mulher, as mãos postas. – Crianças, se comportem!

Elas estavam famintas, não queriam esperar, mexiam-se no banco. Formigas corriam por seus corpos e ferroavam, tanto era a impaciência. Sim, Xavier tinha que fazer a oração. Era o chefe da casa. Não tinha jeito, era caboclo xucro, nem sabia ler, o cérebro ameaçava empacar. Mas se encheu de coragem:

—Deus, nosso Pai, perdoe os nossos pecados – começou a dizer, vagarosamente Xavier, como se as palavras pesassem. – Que nunca falte o pão de cada dia, que esta mesa sempre esteja cheia... com a família reunida e com boa saúde. Proteja a gente dos males deste mundo...

Em seguida, comeram. Havia frango assado, pernil, toicinho, arroz e feijão, saladas, e tubaínas. No celeiro, às escondidas, Xavier bebera uma boa cachaça que mantinha numa pipa de carvalho. Somente a mulher sabia desse segredo. Os meninos não precisavam saber de seu pequeno vício. Comiam e falavam ao mesmo tempo. Sentiam-se muito satisfeitos, e nem era meia-noite. Riam. Para que esperar o repicar do sino de padre Salvino? Os ricos podiam esperar pelo dobrar dos sinos, mas quem dera duro o dia todo, tinha que abater a fome. Por todas as propriedades do vale havia luz em todas as casas, até nas mais humildes, dos colonos e diaristas. Xavier comia e sentia pequenas gotículas borbulharem em seus olhos. Os filhos comiam e se divertiam, falavam alto, cada um com seus pedaços de carne nas mãos, o brilho da gordurinha descendo pelos cantos dos lábios. Sua mulher, de vez em quando, levantava-se e ia verificar o forno do fogão, que borbulhava, dando estalidos, a ferver. Com certeza, reservara alguma surpresa. Sim, aquilo que sentia era a felicidade.

—Ah, mulher, como sou grato a Deus, que nos tem dado tudo. Você, essas crianças... Que fartura. Sim, aqui é o paraíso.

Então, aconteceu: um baque súbito na janela, a tranca explodiu, cavacos voaram. Na semiescuridão, alguém se movia afoito.

4

No meio da cozinha, Mão de Gato se plantara, sujo, ainda molhado da cintura aos pés, as faces transtornadas, esverdeadas, salpicadas de lama. Brandia uma foice afiada. A mulher e os filhos explodiram num grito de pavor. Decaptou o cachorro. Xavier empalidecera, colocando-se de pé, aturdido.

—Hoje, a onça bebe água, seu ordinário! Pensava que havia esquecido! Pois se enganou! Chegou tua hora.

Brandia a foice - ora em direção da mulher e filhos, que se espremiam num canto, ora em sua direção, olhos injetados de ódio.

—Mas que é isso, homem?! O que passou, passou. Faz tanto tempo. Mais no dia de hoje...

—Sim, muito tempo, mas eu estou com o osso engasgado. Cinco anos remoendo. Quem apanha, não esquece.

—Hoje é Natal, homem...

Xavier ia-se afastando, desviando-se das foiçadas que lambiam a semiescuridão, contornando a mesa posta para o Natal, enquanto a comida saborosa espalhava-se pelo chão. Precisava chegar à porta do quartinho da despensa. Lá, há tempo, guardava uma lança de madeira que ele mesmo fizera, para defender-se de ataques de bichos. Afastava-se, a tremer. Mas o agressor não lhe dava tréguas e não estava para conversa.

—Pense bem no que está fazendo... tenho mulher e filhos! Você ainda pode apodrecer na cadeia.

—Que me importa - foi a resposta abrupta enraivecida, desferindo outro golpe de foice.

A cada golpe, desviando-se, ora com uma cadeira, ora com caçarola, ia-se aproximando do quartinho da despensa, enquanto Mão de Gato, cada vez mais atento e embrutecido, ameaçando com a foice, se aproximava mais. No canto, os gritos da mulher e das crianças. Na sua frente, o malfeitor sedento de sangue.

—Lavarei minha honra com sangue!

Mais outro golpe de foice. Mas Xavier já estava na porta da despensa e, num pulo, pegou a lança de madeira e cravou-a com todo o peso no corpo de Mão de Gato, na altura do peito. Houve um grito desesperado. A lança varara o peito, o sangue jorrou do coração, e mais nada. Na sua frente, estava o cadáver com os olhos abertos. Xavier segurava a lança, sem desprendê-la, ofegante, e na sua cabeça tudo começou a girar e a zunir. Olhava sem entender o sangue manchando suas mãos calejadas.

Estava paralisado, quando a mulher o separou da lança de madeira ainda cravada no peito do visitante naquela noite de Natal. Abraçado com a mulher e os filhos, começou chorar aos solavancos. Meia hora depois, ainda assustado, arrastou o cadáver, com ajuda da mulher, para fora da casa, perto da bica d´água. Em seguida, partiu em cima da charrete, debaixo do lençol de estrelas, à procura do delegado, apresentando-se. Foi preso, mas, diante das evidências, semana depois o soltaram.

As machas de sangue salpicadas em suas mãos calejadas nunca mais o abandonaram. Perto do Natal, quando todos festejavam, ele começava a tremer e um gosto de ferro enferrujado grudava à boca.

O homem que só tinha segunda-feira

Esta conversa se deu numa esquina.

—Desce à terra, finalmente, o homem mais rico de Quadrínculo.

—Finalmente?

—Morre só. Sequer tinha família.

—Um caso estranho... Um homem assim, podre de rico, dono de meio mundo. Enterro de rico, quase sempre, é bem disputado. Nem coroa de flores.

—Poucos sabem o que se deu.

—O que posso dizer? A riqueza me faz um bem danado. Bem gostaria de possuir tamanha riqueza. Os ricos vivem pra valer. Nada mais triste do que um pobre-diabo.

—Você conhece a história dos vasos? Ouça, então: um pote de barro humilde, já desgastado pelo tempo, e um pote de cobre de fina riqueza boiavam na lagoa. O primeiro, isto é, o pote pobre, disse ao outro: "Se afaste de mim, fique bem longe, porque ao menor toque serei uma ruína, completamente destruído".

—Perdoe-me. Sou ignorante em achar sentido em histórias...

—É uma parte do que posso dizer sobre o finado. Pois saiba: não há vizinhança mais perigosa para um pobre que a de um senhor voraz. O morto, a que nos referimos, era um senhor voraz!

—Explique-se, se a conversa não for longa.

—Rapidinha, poucos minutos.

Então o grandalhão, ruivo, batendo o solado dos sapatos no meio--fio, contou:

—O finado Pascoalino, quando chegou por aqui, era sertão brabo, e Quadrínculo tinha poucos moradores. Chegou com uma mão atrás e outra na frente, só com a roupa do corpo. Parecia mendigo. Embrenhou-se na selva abrindo picadas e se apossou de um pedaço de terra. Afiou o machado gasto e, com os próprios braços, derrubou o perobal.

—Os pioneiros eram valentes.

—Escute. Pra esse cara, domingo nunca existiu. Trabalho pesado, duro mesmo, suor eterno no rosto. Assim, em poucos anos, Pascoalino já tinha certa riqueza. Mas não parou por aí. Todo dia, para ele, era segunda-feira. Ninguém, por essas terras, até hoje, conseguiu vê-lo descansando, sentado numa rede, conversando com os vizinhos, bebericando uma cachacinha. Todo dia era segunda-feira: só via trabalho pela frente.

—Pelo menos fez a sua riqueza com dignidade. Não é como certos políticos... Muitas riquezas são frutos de ambição desmedida, crimes e corrupções.

—Ah, não se apresse. Pascoalino via no seu trabalho apenas dinheiro. O seu grande sonho, e todos nós temos, era acumular posses. Por isso, todo dia era segunda-feira. Assim ele foi comprando terras e mais terras, tornando-se um rico fazendeiro. Suas terras iam de horizonte a horizonte. Mas ele tinha uma pedra, muito pequenina, em seus sapatos, e essa pedrinha de nada, uma merdinha, por Deus, sangrava seus pés e tirava o sono. Cozinhava o fígado. Um caboclinho não quis vender-lhe a terrinha. Por dinheiro algum. Ficou ilhado. Dizia: "Este filho de uma égua poderá engolir todo mundo, menos o meu sitiozinho". Pascoalino começou a roer um ódio profundo. O despeitado caboclinho cuidava da terrinha com carinho. Aquilo era uma beleza. Por isso, Pascoalino sentia mais raiva.

—Absurdo. Por que alguém deseja ser dono de tantas coisas? Esse cara, com certeza, teve uma infância preta.

—Isso mesmo! Passou fome. Na cabeça, encalacrou-se o horror da fome. Mas também nasceu a cobiça, o desejo de ficar rico, muito rico.

—Tem sentido. Há pessoas que criam um desejo doentio e nada conseguem ver além do desejo criado. Mas, e o tal do caboclinho?

—Morreu bestamente. Foi encontrado de borco, perfurado de balas, a boca cheia de formigas. Até hoje muito se fala sobre o fato, mas nada se prova.

—Está na cara que esse Pascoalino encomendou a sua morte. Ambição não conhece medidas.

—Provas? Cadê as provas?

—Muito simples: em seguida, ele não comprou a terrinha do caboclinho?

—Quê! Os filhos, principalmente o mais velho, fizeram outro juramento: "Enquanto um de nós for vivo, ninguém bota as mãos nas coisas do pai". Chegou a babar quando disse isso.

—Aí Pascoalino se ferrou de vez!

—Por essa época, surgiram umas conversas de que Pascoalino fizera pacto com o Diabo. O que deixou o povo muito assustado, banzeiro. Muitos se negavam a citar o nome Pascoalino. Quando um desavisado mencionava, quem estava perto se benzia, dizendo: "Xô, Satanás!"

—Então, ficou cada vez mais isolado...

—Está aí: quanto mais rico, mais sozinho. Tudo, para ele, não passava de uma segunda-feira. Não tinha mulher, muito menos filhos. Nenhuma mulher queria morar com o demônio.

—Para quem ficaria tudo quando morresse?

—Ninguém sabe. Muita gente faz assim como ele. Só quer riqueza. A conta no banco gira por milhões. A cobiça. Mas vivem miseravelmente, comem pão seco, adormecido, e jamais tomam uma cervejinha pelos botecos.

—Unhas-de-fome...

—Certa ocasião,, apareceu na cidade uma missão de capuchinhos, disposta a salvar o mundo. Souberam da condição de Pascoalino. Foram visitá-lo. Saíram corridos. Uns foram mordidos por cachorros ferozes.

—Que judiação! Respeito, um pouquinho só, é o mínimo. Religião, cada qual tem a sua. Pelo menos, respeito.

- Os capuchinhos se vingaram. No domingo, igreja cheia, o povaréu se espremendo, um que fora mordido no rosto pelos cachorrões, fez sermão ferino.

—Pudera! Eu faria muito mais.

—No sermão, ele disse, muito trêmulo: "Meus fiéis, cristão, ouçam essa pequena história! Um avarento, numa pequena cidade, juntou tudo o que tinha - propriedades, bens de consumo e até mesmo ideias, e transformou tudo numa barra de ouro. Enterrou no seu jardim. Também enterrou sua alma e seus pensamentos. Assim, todos os dias, ele ia ao local para verificar se estava em ordem. Mas um de seus peões, que não dormia de touca, viu logo do que tratava. Não perdeu tempo. Desenterrou a barra de ouro e fugiu. O avarento, vendo o buraco vazio, começou a xingar Deus e todo mundo, lamentando-se e arrancando os cabelos. Naquele instante, passou um estranho e ouviu do avarento o que se dera. Para consolar o irremediável, o estranho disse ao avarento: 'Não há nenhuma razão para que fique neste estado lamentável. Porque você tinha o ouro e, ao mesmo tempo, não o possuía. Basta pôr uma pedra no lugar onde estava a barra de ouro e imaginar que ele ainda está lá. Você não fazia uso nenhum de seu ouro.' Muitos dos que estão aqui neste templo são como esse monstro chamado Pascoalino. Pois, filhos de Deus, ter bens e não usufruí-los é o mesmo que não ter. O reino do Senhor não pertence aos avarentos".

—Padre esperto.

—Esperto e furioso. Segundo me contaram, essa missão de capuchinhos, depois desse sermão, encheu a burra. Mas de Pascoalino nenhum níquel.

—Avarento.

—Ouça o resto. Um dia, a doença chegou. Era câncer. Por ter muito dinheiro, ele rodou nas mãos dos melhores médicos, que apenas lhe tomaram a grana. Começou a definhar, definhar. Câncer é terrível. O fim irremediável fica dançando na frente da gente. Certo dia, me enchi de coragem e fui visitá-lo. Topei-o num catre sujo, agonizando, em pele e osso.

–Nada mais do que merecido!

—O incrível é que ele estava mais morto do que vivo. Mas sua mão direita agarrava um tijolo de ouro firmemente.

—Ora, pois veja só, como são as coisas...

—Estava reduzido a pele e osso. Resmungava palavras indecifráveis. Fez um gesto para que me aproximasse. Ressabiado, pé ante pé, cheguei à beira do catre imundo. Então, ele falou: “É men...tira...” Aguardei, surpreso. De que estava falando? “É men...tira...” Faltava o fôlego , a voz não saía. Depois de muito esforço, disse: “O que... dizem... o que os padres falam... tudo... mentira...” Em seguida, após tantos esforços, voltou a dormir. Estava reduzido a nada. Saí sorrateiro. Mas, antes, por curiosidade, quis verificar se o tijolo que sua mão direita segurava era de ouro mesmo. Quando coloquei as mãos no tijolo, um cachorrão preto, que estava até aquele momento quieto no canto do quarto, avançou endemoniado em minhas mãos. Por pouco, muito pouco, não me abocanhou mãos e braços. Saí correndo.

—Que loucura!

—Sinto, até hoje, um frio correndo pelas costas.

—Era ouro?

—Por esses meus olhos.

—O que faz o dinheiro...

—Agora, tudo acabou. Acho que o sermão dos capuchinhos tem lá suas razões. Nus viemos, nus voltaremos. Muitos procuram obter bens e jamais usufruem. Isto é o mesmo que não ter.

Em seguida, houve um prolongado silêncio. Logo se despediram.

A gente se vê amanhã

Fiquei tentando pensar em alguma coisa para dizer, parado, na frente da porta.

"A gente se vê amanhã" – ela disse e fechou a porta.

O que fazer? Confessar minhas angústias às paredes? Enfiei as mãos nos bolsos da calça jeans envelhecida e, aborrecido, sai caminhando rua acima. Um domingo perdido. Cogitava levá-la ao pesqueiro, tomar umas cervejas e beijá-la, e... Mas o dia não estava pra peixe. Subi a rua, aborrecido. Sol na cara. Pessoas iam e vinham, e alguns casais riam à toa. Que merda!

"Pra onde você vai?"

Era o Garibaldo. Também boia-fria. A gente ia e voltava do roçado no mesmo caminhão de lona. Vem comigo, ele disse. Pra onde? Sei lá, respondeu. Por aí... Segui os passos dele como cachorro. Mas não tirava os pensamentos dela. Amava-a. A gente se vê amanhã. Por que ela dissera "a gente se vê amanhã"? Devia tê-la agarrado pelos cabelos. Mas não: aceitei. Agora, seguia Garibaldo, sem rumo.

No bar do Jorjão, jogamos esnuque e bebemos pinga. Tacadas secas. Uma das bolas repicou e foi parar nas prateleiras. Depois, no armazém da Florinda, comemos linguiças emboloradas, que estavam penduradas num cabo de vasoura engordurado, e bebemos pinga. Sinto muito, rapazes, mas tenho que fechar – ela disse e nos empurrou porta afora. Um vento revirava a poeira seca da rua onde cachorros vadiavam. Saímos rua abaixo sem destino. Cabeça zonza. Mais adiante, no bar da Marlene, entramos. Duas putas manjadas conversavam encostadas no balcão. Querem se divertir, rapazes? Sim, se fosse pra rezar, a gente estava na igreja, rebateu Garibaldo. Quando ele ria, mostrava três dentes falhos e um dente de ouro. Não era à toa que alguns o chamavam de Boca Rica. Uma das putas ligou a televisão, rodou o botão em vários canais e parou num jogo mixuruca. Todos corriam, driblavam, mas ninguém chutava no gol. Bebemos fartamente, beliscamos as bundas das putas. Ai, ai, seus malvados. A gente quer fazer amor, mas de graça, disse Garibaldo. Quer de graça, é? Então, arrumem uma boba e casem, respondeu a puta mais gordinha, as pernas estriadas de varizes. Pagamos a pinga. Fomos embora. Que puteiro decaído! O sol das três horas batia forte na cara. Eu suava, as pernas moles. Mas Garibaldo já havia entrado noutro boteco e já bebia. Acompanhei. Mais outros tantos mercedinhos. Pela porta semiaberta, eu já via elefantes voadores desfilando na rua empoeirada.

"Sabe quem passou naquela caminhonete?" – falou Garibaldo, escorando-se no balcão. – "O patrão."

Destrambelhou a fala. Nós, aqui na pindaíba. Comendo pó. Ele, no bem-bom. Oh, vida. Isto tem que acabar. Ruminei quietamente. Nossos braços, voltou a dizer, fazem a fortuna dele. Filhos estudam na capital. Deixa pra lá, eu disse. Isso é conversa má. Mas ele ficou falando, falando. Tudo era exploração. Os ricos ficavam cada vez mais ricos. Os pobres cada vez mais miseráveis. Os boias-frias... Sabe que o patrão vai comprar máquinas novas e mandar a gente embora? Pra onde a gente vai, hem? Sabe quantas facãozadas esses braços aqui dão por dia no canavial? Eu digo: 1.350. Já contei. Agora, com as máquinas novas, não vão precisar mais desses braços. O dono do boteco disse que ia fechar as portas. Também tinha direito a uma noite de descanso. Era domingo, afinal. Já vamos, disse Garibaldo, as faces vermelhas. Pagamos. Fiquei com os bolsos vazios. Estava na rua, quando me voltei. Garibaldo segurava o homem com uma faca no pescoço. Passe a grana, senão te pelo. Larga ele, cara. Quero a grana, seu bosta. Pálido e trêmulo, o botequeiro limpou a gaveta e lhe entregou as cédulas amassadas e sujas. Quietinho, enquanto a gente sai. Você não devia ter feito isso, eu disse. Vou embora. Não quero apodrecer detrás das grades. Dei as costas e fui embora. Ainda ouvi ele dizendo: os frouxos não sobrevivem. Não dei bola. Me sujar assim? Dava passadas trôpegas. O mundo dançava. A noite rodopiava obscura. Nem sei como cheguei na meia-água coberta de zinco. Me joguei de corpo inteiro no catre. Um rato correu assustado. E tudo se apagou. Distante, alguém dizia: a gente se vê amanhã. Acordei com as pancadas na porta. Nauseabundo, a cabeça rebentando, abri:

—Está preso!

Estava atônito. O que tinha feito? Você bem sabe – responderam os policiais. Matou o seu patrão. Sem entender, não sabia o que dizer.

Páscoa de Clarice

Amavam o avô. Ansiavam por vê-lo. Mas, naquela Páscoa, tudo mudou. Pelo menos, para Clarice.

Chegaram ao sítio do avô na quinta-feira à noite – o pai, a mãe, Felipe e Clarice. Foram recebidos com alegria incontida. Vovô Terêncio e vovó Teza saltitavam como lebres pela casa. "Já é tarde. Todos pra cama!" – ordenou a mãe. Mas Clarice dormiu mal. Ansiava pelo novo dia. Longe da cidade, a noite falava. Grilos cricrilavam, corujas piavam, cães uivavam, paredes se mexiam. Ela revirava na cama.

Sexta-feira santa. Que monotonia. Nada acontecia. Nem podiam comer as frutas do pomar. Dia de jejum – dizia a vovó Teza, enfiada num vestido largo e escuro. Na natureza, tudo modorrava. Todo mundo falava baixo, em segredo, fala mansa, como se pisasse em ovos.

Veio o sábado. Então, tudo mudou. Sem freios, sem limites. Podia falar alto, rir, correr, cantar, gritar, espantar as vacas, galinhas, patos, cabritos, pássaros. Clarice dava graças a Deus por ter sobrevivido àquela sexta-feira.

Vovô Terêncio surgiu do estábulo com o boneco de pano, enchido com palha de arroz e serragem. Disse que era o Judas, que todos deviam bater nele sem dó. Entregou a Clarice e Felipe dois cabos de vassoura e a surra se deu, até o boneco explodir.

Isso foi pela manhã. De tarde, logo depois do almoço, novas aventuras. Andaram a cavalo, caçaram borboletas à beira do riacho, subiram em árvores à caça de ninhos de pássaros, puxaram a barba do bode velho, que pinoteou...

—Agora, chega! - ordenou vovó Teza, atarefada, lá da cozinha. - Quero os patos.

Vovô entrou no rancho e voltou, balançando na mão um machadinho que brilhava ao sol.

—Aos patos! - disse, quase gritando, o suor porejando no nariz afilado.

—Aos patos! Aos patos! - repetiram, sorrindo, seguindo atrás dele.

O curral e o galinheiro ficavam do outro lado do riacho. Elas seguiram o avô pela trilha. Um velho estábulo servia de abrigo aos patos. Durante o dia, eles circulavam no gramado e se divertiam na pequena lagoa do riacho. Gansos e patos se misturavam, nadando acima e abaixo, e só não iam mais longe por que havia uma cerca de tela. Alisavam com os bicos os peitos, indo e vindo. Formavam desenhos curiosos, circulares e, às vezes, piramidais. Um ganso mais audacioso se aproximou do vovô e começou a mordiscar suas botinas gastas. Vovô Terêncio o chutou de lado. Mas o ganso voltou a atacar e, desta vez, foi jogado noutra repartição, grasnando. "Arre, que bicho!"

Vovô Terêncio sacou dos bolsos do paletó surrado os grãos de milho e começou a chamá-los. Quá-quá-quá-quáááá! Os patos responderam: quá-quá-quáááá´!!!, saíram da água, batendo as asas, e vieram correndo, formando uma fila. Vovô Terêncio gingava o corpo envelhecido, balançava as mãos, jogava alguns grãos como chamarisco, e rapidamente se formou um círculo ao seu redor. Então, ele jogou mais grãos de milho e todos começaram a disputar vorazmente. Clarice e Felipe observavam o avô, curiosos, e riam do jeito desengonçado dos patos caminharem, com aqueles pés esquisitos, as asas abertas, ainda molhados. De repente, vovô Terêncio abaixou-se rapidamente e pegou dois patos, que o seguiam, e segurou-os de cabeça para baixo. "Seus bobinhos!" - riu. "Nem sabem do que vem pela frente." Os patos se assustaram, mas logo voltaram a disputar os grãos de milho. Vovô Terêncio abandonou o cercado e veio em direção de Felipe e Clarice. Queria que Felipe segurasse um, mas o menino sentiu medo, recuando. "Seu bobo!" - ralhou o avô. "Eles não tem dentes. Só esses dois buraquinhos nos bicos pra respirar. Quando bicam, deixam uma macha por dois ou três dias." Então, ele amarrou com um cordão as pernas de um pato e pendurou-o na estaca da cerca, enquanto pegava o machadinho com uma das mãos. Em seguida, dirigiu-se a um toco de peroba, posicionou o pato em cima, esticando o pescoço com uma das mãos, enquanto segurava-o entre os joelhos. Levantou o machadinho, que voltou a brilhar ao sol, e zás! - a cabeça do pato voou para a frente do toco. Ah! - disse Clarice. O que acontecera? O sangue esguichou, manchando as mãos e o brim das calças do avô, vermelhando.

—Vovô! - gemeu Clarice.

Mas ele não escutou. Foi em direção do outro pato pendurado na cerca e executou-o com a mesma serenidade. Havia, agora, duas cabeças no chão ressequido, e dois pescoços esguichando sangue quente, ainda rolando, como se estrebuchassem, à procura de vida. Saracoteavam. Depois, ficaram inertes. Os cachorros queriam abocanhar as duas cabeças, mas vovô Terêncio os espantou. Clarice olhou para Felipe, à procura de socorro, mas Felipe estava pálido, sem cor, e desmaiou, despencando como um saco de batatas.

—Mas que moleirão! - ralhou o avô, erguendo-o e jogando uma caneca de água no rosto, às pressas. - Esses meninos da cidade!

Recuperado, seguiram o avô na trilha. Clarice via os pescoços dos patos pingando sangue na relva e ela, cautelosamente, procurava desviar-se das pequenas folhas ensanguentadas.

No domingo de Páscoa, a mesa farta. Desde sábado, a mãe e a avó Teza preparavam o banquete. No centro da mesa larga e comprida, os dois patos, em duas travessas, as pernas amarradas, recheados. Clarice via o avô erguendo o machadinho brilhante ao sol e decepando as cabeças deles. O avô, com uma lâmina afiada, começou a trinchá-los como um exímio açougueiro. Clarice estava afogueada, perdera o apetite, sentia uma forte dor de cabeça, e os lábios não tinham sangue.

—Na região, não há patos tão apetitosos como estes - vangloriva-se o avô, trinchando com orgulho o peito na espessura correta, preciso. - Nem parece carne de ave...

Natal no oco da figueira

A grande figueira sombreia a praça, galhada longa que parece braços gigantescos. Raízes tentáculos que parecem pernas tortuosas. No meio, o oco, a casa dos desamparados.

Patrão, não quero esmola. Isso aqui é trabalho. Vigio os carros, guardo estas preciosidades. Um carrão vale mais de cem mil pratas. Muito mais. Se o patrão deixa na rua, quando volta, vai encontrar depenado, vidros quebrados, portas arregaçadas, lataria riscada. Sou o teu guardador. Esmola, eu não aceito.

Merrecas. Trocados miudinhos. Uns motoristas saem correndo, acelerando o motor. Os pão-duros, os mão-de-vacas, os muchecas. Da próxima vez, tomara que alguém rebente o carro do espertinho. Eu, não. Mas o Polaco faz. Fica de olho nestes espertalhões, os muchecas, e depena o carrão. Quem manda ser muquira.

Dez horas da manhã. O calorão já deixa o povo sufocado. Mas Tavarinho, o guardador, sente a camiseta de malha grudando no corpo. De um bueiro, baratas saem da toca, um tanto agitadas. Nenhum trocado nos bolsos. Mora na praça, no oco da figueira. Mesmo cozido de cachaça, não dormira bem. Oh gente excomungada. Primeiro, a banda de música. Depois, os evangélicos berrando bênçãos. Depois, os drogados. Depois o Carniça gritando tresloucado, dizendo coisas infernais. Uma noite difícil.

—Ele virá pra dar esperança aos pobres, aos que nem têm poeira como roupa! Ele virá! Eu tenho certeza. O filho de Deus.

Carniça gritava depois da meia-noite. Sapateava. Erguia os braços.

—Sim, é hoje. O mundo espera por Ele.

Que inferno.

—Cala essa goela, Carniça. Quero dormir. Já passou da meia-noite.

Mas o idiota sapateava e dançava na praça deserta.

—Te racho a cabeça.

Mas Tavarinho jamais faria isso. Rachar a cabeça de um idiota era pra gente ruim. Depois, ele era louco, mas não arruinava ninguém. Tinha bondade na loucura.

Remexia-se no oco da figueira. Cadê o sono? Por que os guardas não prendiam o louco? Pra quê? - disse um guarda. Ele é doido, não mata ninguém. Quadrínculo sabe que ele é maluco de vez.

Remexia-se. A figueira parecia dançar. Alguém poderoso jogava a enorme figueira centenária pra cá, pra lá, e as raízes se firmavam, garras potentes.

—O filho de Deus! Sim, Ele virá.

—Idiota, largue de conversa fiada. Os bois já foram dormir.

Sapateava e dançava.

—Os sinos repicarão hinos. Os pobres e órfãos serão abençoados com o pão sagrado. Ele virá!

Tavarinho, incomodado, pegou o porrete de peroba, pé de uma cama achado na rua, e saiu atrás do louco.

—Para com esta conversa mole. Eu quero dormir.

—Estou anunciando...

—Vá à merda. Te racho a cabeça.

Carniça fugiu, gritando:

—Você se arrependerá. Você vai ver. O Salvador está pra chegar. Chegou a vez dos pobres e órfãos.

Tavarinho o perseguiu até o fim da praça, rodando no ar o porrete, como se fosse cassetete de polícia. Depois, cansado, insone, voltou ao oco da figueira, sua casa, e dormiu.

Acordou com o sol alto e a praça burburando.

Véspera de Natal. O dia prometia. Tinha que se livrar da zoeira na cabeça. Se pegasse o Carniça e desse um sova...

O carrão estacionou.

—Eu guardo pra vossa excelência.

O ricaço o encara. Não fala. Mas pensa. Sai da frente, pé de cana, corote de cachaça. Acha que sou otário? Tua baba pode manchar a lataria. Fique de longe, nem chegue perto.

A rua se agita. Gente indo, vindo, comprando, sacolas e pacotes de presente. Calorão de matar.

Passa o carro do Papai Noel distribuindo balas, a criançada alvoroçada atrás. Dá volta na praça e segue avenida acima.

—Toma um real. Vê se cuida mesmo. Mas não toca nele.

Ah, que avarento! Tavarinho precisa mais. O que é um real? Muquira. Está com a goela seca. O Barbosa, dono do bar logo na frente da praça, não vende cana fiado. Bem, não pode desprezar a moeda. Enfia no bolso. Antes, passa os dedos no bolso pra ver se não está furado. Perdeu muitas moedas por descuido.

Outro notável cidadão joga-lhe um real. Deus o abençoe, senhor. Larga o posto, suando em bicas, e entra no bar.

Demorou, hem, diz o Barbosa, rindo cinicamente. Enche o mercedinho de cana. Com as mãos trêmulas, leva à boca e, de um golpe, joga goela adentro. Queima como soda. Aos poucos, a serenidade volta e ele fica olhando o movimento na praça. Vá andando, diz Barbosa, impaciente. Você espanta os fregueses.

De novo na praça. Carros chegam, carros saem. O sol arde. Nem é meio-dia. Adiante dele, caminha Carniça, trôpego, mudo, como se alguém tivesse costurado a sua boca. Toda a loucura tinha sumido. Só ficava louco à meia-noite, quando a lua subia e os cães uivavam? Que diabos dançam nos miolos dele?

Uns trocados aqui, outros lá. Tavarinho se move diante da necessidade e dos apertos. Tem que aproveitar o amontoado de gente na praça. Nem todo dia é festa. Nos dias de chuva, rói as unhas.

Será que ela vem? Todo dia, ela vem. É dona daquela loja. Será que a princesa vem? Dela, não quer um tostão. Guarda o carro de graça. Faz por amor. Ela estende as moedas com aquela mão alvíssima. Mas Tavarinho não aceita, o coração suspenso. Você é bobalhão, Tavarinho, diz. Medo de mulher, que idiotice.

Mês atrás, dois malandros conhecidos estavam rodeando o carro dela. Tavarinho pulou no tacho quente: quem mexer aí, é homem morto. A faca enferrujada na mão. Riam dele? Sai, pé de cana. Velho vagabundo. Tavarinho riscou o muro com a faca. Ah, é. Záp-záp. Sangue espirrou de um braço. Correram. O alarme do carro disparou. Já tinham rebentado a porta. Filhos da puta. Ah, senhor, dizia a mulher: se não fosse sua bravura. Quis dar-lhe dinheiro. Não aceitou.

Será que ela vem?

Dinheirinho na mão. Toca sedento pro bar. Uma dosezinha, seu Barbosa. Toma e chispa, seu imbecil. Mas ele beberica, sem ansiedade. Filosofa. Se fosse rico, o que faria? Compraria um carrão. No dinheiro. Os donos desses carrões aí vivem atolados e amargando dívidas: consórcio, prestações, juros, multas, impostos, seguros. O carrão os devora. Muitos nem têm tostão para o guardador.

Mas tinham que pagar. Reservava-lhes vagas, limpava os para-brisas, guardava-lhes o bem precioso. Ora, tinham que pagar. Bondade nunca deixou alguém rico. Piedade, também. Se bobear, nem sobrevive. Pede outro mercedinho. Chi, seu Barbosa, guarde o copo. Aquele motorista é fujão. Sai desabalado, pula na frente do carro. Contrafeito, o homem joga-lhe uma moeda. Sovina. Mas tirou farinha do pão seco. Volta pro bar apertando a moeda: não dá meia pinga, aquele miserê.

Véspera de Natal. A praça está cheia. Todo mundo encantado com o presépio que o prefeito montou. Solzão. O jeito é caminhar pela sombra. Bendita figueira! A sombra se espraia.

Hora de almoço. Dá um pão com linguiça, seu Barbosa. Estômago oco roído pelo álcool. Cadê o dinheiro? Homem ganancioso, capitalista, vê dinheiro em tudo. Já volto, diz, e sai correndo para pegar outro motorista fujão. Depois volta, zonzo, feito barata tonta. Ih, calorão. Sol na moringa pede uma pinga. Sua em bicas. Aqui está, seu Barbosa. Hoje, até que está rendendo. Deve ser a magia do Natal. Seu Barbosa, você é homem instruído, pode me dizer por que tanta gente sai apavorada comprando tudo que vê? Seu Barbosa faz que não ouve, mocorongo, atende os fregueses, depois responde: tudo é comércio, Tavarinho, os judeus vendem Cristo até hoje. Eu quero vender, vender e vender. Tem gente que se endivida até as calças. Tavarinho se sente livre desta fome de comprar coisas. Não tem nada. Devora o pão com linguiça. Vem o sono. Sai cambaleando em direção do oco da figueira.

Uma bênção, essa figueira. Quem tem casa tão arejada assim: o grande oco cercado de raízes que formam paredes, tentáculos que se alastram na terra removendo o calçamento, uma abóbada semiescura, céu nublado a chover. Ali se deita, entre trapos, um travesseiro rasgado e sujo. Ali ele fica em concha, no bem-bom, enquanto a praça parece ferver no calorão do meio-dia. Dorme feito anjo, sonhando. Sim, ela, a princesa, está vindo: tão bonita, alvíssima angelical. Um anjo dançando em plumas de algodão. Ele sorri, a felicidade pendente nos lábios.

Adquirira sabedoria com o tempo. No começo, muito boboca. Todo mundo o enganava. Guardava as vagas e ninguém lhe pagava. Aprendera a trucagem dos camelôs, dos mágicos, dos equilibristas, das mães de pés inchados com filho anêmico a tiracolo, dos jogadores de dados. Para conseguir freguês surgia nos lugares mais inesperados e imprevistos, feito raio, pulando na frente dos motoristas, como se surgisse do nada. Saltava rápido, limpara o para-brisa com a flanela ensebada. O motorista não tinha como escapar. Em seguida, cobrava cordialmente.

—Seu doutor, guardei essa belezura pro senhor. Não deixei ninguém chegar perto. Olha só: inteirinho, seguro, protegido.

O otário ficava sem jeito. Enfiava a mão no bolso, contrariado, cenhos fechados, dava-lhe os trocados. Talvez saísse xingando, palavrões remoendo no céu da boca como saibro.

Os fujões xingavam.

—Sai da frente, pé de cana! Senão passo por cima. Vá trabalhar, vagabundo. Está pensando o quê?

Aceleravam. Ele pulava de lado. O carrão ia embora, mas ficava marcado. O Polaco logo daria um jeito. Por um cigarro, um trago, um sorriso torto, o Polaco faz qualquer coisa.

Então, o que fazia não era trabalho? Sabia mais do que aqueles falsos doutores. Era doutor das ruas. Não tinha diploma, mas tinha a sabedoria das ruas.

De tarde a praça ferveu de gente. De hora em hora, Tavarinho acorria ao boteco do Barbosa, suado, exausto.

Se não fosse a bebida, estava rico. Mas o que importa? Preocupar-se com o amanhã? Pra quê? Essa gente que pensa no amanhã carrega bichos roedores na cabeça. Toda aquela gente, que se fazia de rica, estava endividada. Certeza nenhuma tem o homem. Vivo agora, morto em seguida. Sem despedir, sem confessar os pecados, sem desarrochar os amargos da vida, sem dizer "oh minha gente, estou partindo". O que o homem tem: o aqui, o agora, o já.

De hora em hora, pingavam-lhe moedas. Lá ia, satisfeito, para o bar. Pinga na goela. Olhava a praça lotada. Entardecia.

O calor amainava. O prefeito e a primeira-dama passeavam de mãos dadas, embevecidos, cumprimentando e distribuindo sorrisos. O carro do Papai Noel desfilava pelas ruas enfeitadas, pisca-que-piscando. Mas o Papai Noel era outro. Quem aguenta ficar o dia inteiro, sob sol escaldante, naquela roupa? Só por moedas.

A praça era um mar de cabeças, granfinos e pobres, senhores e servos, virgens e putas, honestos e vagabundos. Passeavam cachorros de apartamento e seus donos exibicionistas, mas solitários. Perambulavam vira-latas já enfarados de tanto vistoriar as lixeiras. Mocinhas namoradeiras esperavam encontrar os seus príncipes. Velhos vampiros ambicionavam chupar os pescoços de donzelas incautas.

O pançudo Tartaruga, sentado na mesa de bar, bebericava, vazio de ideias, mirando a praça.

—Então, Tartaruga, se enricou vestido de Papai Noel?

Olha enfarado. Beberica a cachaça.

—Aquilo não é vida. Foi um banho de suor. Não dava tempo nem de tomar água. Os pestinhas me agarrando, quase me derrubaram. O que a gente não faz pra ganhar uns trocados?

Tavarinho ironiza.

—Por dinheiro, a gente vende até a mãe. Mas não entrega.

—Por dinheiro mesmo - confessa Tartaruga. - Ainda bem que é o último dia. Aceita um mercedinho, Tavarinho?

Mas que pergunta! Aceitava, sim.

—Traz um pro pé de cana, seu Barbosa.

Tavarinho não se ofende. Fica olhando a pança de Tartaruga e a praça anoitecendo e as luzes brilhando fortemente.

—Forrou o bolso, Tartaruga.

—Um miserê. Mas dá pro gasto.

—Você é cara de sorte. Muito esperto. Sabe ganhar dinheiro com essa pança monstruosa.

Tartaruga se levanta com dificuldade. Os pés-inchados, batatas doces vermelhas. Se move com dores, varizes estourando. Despede de todos e vai pra casa. Está moído. A cachaça chamou o sono.

No meio do vai-e-vem, Carniça gesticula, brada, mas ninguém lhe dá atenção. Tavarinho tem vontade de esgoelar o doido. Se fizesse o mesmo palavratório nesta noite, o porrete de peroba desceria com severidade.

Sente-se cansado. Mas tem que ir atrás de mais algumas moedas. Afinal, ele é o guardador de carros.

Meia hora está de volta. Mais um, seu Barbosa. Joga duas moedas no balcão. Olha de um lado, de outro. O burburinho da praça azucrina. Naquela hora, olhando dali, parecia mais cheia. Celulares brilhavam, filmando e fotografando. Na frente do presépio, junto ao berço de palha do Menino, era um empurra-empurra frenético. Todos queriam fotos junto do Inocente.

Olhou minunciosamente o bar.

—Quem é aquela gente?

Essa gente – um homem simples, barbudo e uma mulher grávida – olhava-o, como se dissecasse em minúsculos pedaços.

—Quem são eles?

—Sei lá, chegaram agora. Uns pobres coitados. Famintos como cachorro de rua. Mulher tão barriguda. Capaz de dar cria naquela mesa – disse Barbosa, impaciente, limpando o balcão ensebado com um pano também ensebado. - Acho que precisam de ajuda. Eu não posso. Se eu fosse ajudar todo mundo que aparece aqui, já tinha fechado as portas.

—Nem eu - respondeu Tavarinho. - Não bebem nada?

—Nada. Pediram água da torneira. Eu dei. Isso eu não nego. Parecem mortos de fome.

Tavarinho sentiu uma onda de bondade invadir o corpo como fogo se alastrando em capinzal seco.

—Seu Barbosa, você sabe, não tenho onde cair morto. Mas sou guardador de carros. Um trabalhador, portanto. Dá alguma coisa pra eles comerem. Do jeito que me olham, sinto o coração derreter. Pago depois. Eu não falho. Quando falhei com o senhor?

—Fiado só amanhã - mostrou a plaqueta pendurada logo acima da prateleira. - Conta outra pra mim. Nesta, já sou professor.

Foi limpar a pia que estava abarrotada de copos e pratos. Voltou. Tinha um olhar de carneiro.

—Pensando bem, Tavarinho, você é gente boa. Se disse que paga, eu aceito. Pode fazer o pedido.

—Dá um sanduichão pra eles. Pão com bastante mortadela e tomate. Maionese também. Aquela que tua mulher faz, com cheirinho verde. Gente boa. Mas não fala que fui eu. Bojuda assim pode parir aqui. Deus me livre.

Tavarinho olhava. Que gente iluminada. Ela parece ter clara de ovo na calcinha. O bebê vai descer, pensou. Por que olha tanto pra mim? Tem olhos de mãe santa. Chi, estou vendo uma auréola sobre ela. Acho que bebi demais.

Na praça, escasseavam as pessoas. Restavam os deserdados.

—Vou embora, estou zonzo. Vou pro oco. Se aquele Carniça me infernizar, racho a cabeça dele.

Quando ia sair, a mulher desejada entrou no bar. Segurava uma cesta de Natal. Ah, ela veio! Sentiu as pernas bambearem. As palavras fugiram, o piso parecia rodar, e a imensa figueira flutuava.

—É pra você - disse ela, e depositou em seus braços a cesta. - Uma lembrancinha, poucas coisas.

Tavarinho não sabia o que dizer. Coração desabalado. Ela veio. Ah, ela não se esqueceu de mim. Está afogueado, o rosto cor de sela usada vermelho igual ferro em brasa. A mulher bojuda sorri pra ele, bondosa. Tavarinho não sabe o que dizer, a cesta no colo. Em seguida, ela foi embora. Deixou atrás de si um rastro de perfumes. A mulher bojuda o chamou:

—Ela sabe que você é pessoa boa. Mas não devia beber tanto assim. O que te coça nesta vida?

—Quem pode gostar de um homem acabado assim, sem lar, sem família, feito um cão jogado no mundo? - consegue dizer, voz engasgada, olhos úmidos.

—Ah, bom rapaz, os simples herdarão o reino dos céus. Você verá com seus próprios olhos - voltou a dizer a mulher bojuda, voz doce, suave como a brisa que começava a soprar na praça.

Tavarinho se retirou. Hora de fechar a bodega, anunciou seu Barbosa. Também tenho direito a descansar.

Entocou-se. Poucas pessoas na praça. Carniça o espiava de longe, ressabiado. Quase meia-noite. Cabeceava de sono. Mirava o alto do oco da figueira. Havia lugar mais aconchegante no mundo do que aquele? Sua toca parecia com a abóbada celeste rebrilhando de estrelas. Incrível, nunca tinha reparado naquele céu estrelado. Sempre lhe parecia nublado, com raios e trovões. Enrodilhou-se. Se Carniça inventasse moda... Bem, o porrete de peroba estava ao alcance das mãos.

Estava feliz. Ela viera. Como era linda! Nunca Tavarinho havia recebido uma cesta. Aquele mimo valia por um milhão de moedas. Então se imaginou passeando com ela pelos campos, imensos vales, de mãos dadas. Ih, cadê o sono? Sumira. O oco da figueira começou a ter pregos pontiagudos, que o faziam remexer, incomodado, lagarteando.

Praça vazia. O povaréu dera no pé. Carniça não estava de lua. Cansado, dormira debaixo de qualquer marquise.

Levantou-se. Foi até o gramado, onde os galhos da figueira não alcançavam. Deitou-se de barriga pra cima e ficou olhando as estrelas. Sim, ela viera. Trouxera-lhe um mimo. Seria capaz de guardá-lo pro resto da vida. Novamente, passeavam nos campos floridos, imensos vales, de mãos dadas. Adormeceu. Tudo se apagou. De repente, acordou. Ouvia vozes? Onde estava? Sentia a aragem fresca da madrugada beijar-lhe o rosto. Por que não estava no oco da figueira, sua casa?

Sentou-se no gramado. Sonolento, olhou o tronco da figueira. Arregalou os olhos. Não acreditava no que via. O oco, a sua casa, estava iluminada. Dentro, o casal que estava no bar. O homem orava, agradecia, ajoelhado, os olhos pro alto. A mulher segurava uma criança, um tiquinho de gente, enrolado numa manta, que chorava, chorava. Sobre as três cabeças havia uma auréola brilhante como se fossem três arco-íris.

Carniça sentou-se ao seu lado no gramado, eufórico. Não havia nenhum sinal de loucura em seu rosto.

—Alegre-se, homem de Deus! O Salvador veio ao mundo pra dar esperança aos deserdados...

Primavera esquecida

...Joãpó passou vinte e oito anos, 11 meses (intercalados) e 13 dias na cadeia de Quadrínculo, penitenciária de portas e janelas escancaradas. Quadrínculo era, então, uma merreca. Quando chovia, um lamaçal vermelho pantanoso; quando estiava, uma poeira leve e vermelha tapava as ruas e as casas de taipas e madeira. O mundo, ali, era estranho e rotineiro, principalmente nos belos e longos dias ensolarados.

Segundo sua ficha criminal, respondeu dois processos por crimes. Depois que cumpriu o prazo, chorando muito na solidão circunspecta e ambígua, não quis sair mais da cadeia, dormindo nas pedras frias. Perdera os amigos, o prazer de uma cervejinha nos balcões ensebados dos botecos, e tudo se tornara insípido. Acostumou-se à vida úmida da cela e não quis abandoná-la. O que pode levar o homem a rejeitar o mundo da liberdade? Tudo que desejara, a princípio, era cair fora daquela espelunca. Mas, ao receber a liberdade, sentira medo. Por sua vez, ali naquele quadrado, comia e dormia como um perfeito e honesto vagabundo.

Era um tipo forte, taludo, filho de pai nordestino e mãe paulista. Desde os prenúncios da juventude, quando lhe brotaram os fios de barba, vivera sem os pais. Barba encaracolada e ruiva, penteava-a todas as tardes com um pente de osso que trazia no bolso. Corpo ensebado, sujo, mas os fios da barba jamais descuidados. O que lhe valeu diversos apelidos: Messias, Judas, Jesus, Monge Zé Maria. Um vagabundo, segundo ele, podia ter muitos defeitos, mas uma barba suja era o fim.

Condenado bestamente. Morava no Vida Alegre, bairro pobre, junto com um boia-fria, sujeito justo quando abotoava os botões. Um salafrário. Por causa de um pão adormecido tudo mudara em sua vida. Joãpó e Genesião viviam pelas estradas, cheios de aventuras. Naquele dia, mortos de fome, bateram os portões das casas ricas e o que conseguiram foi o pão adormecido, uma pedra. Gente rica miserável. Mas Genesião disse: "O pão é meu. Você não comerá uma isca". Joãpó ficou assustado. "Mas que bicho ordinário!" – pensou. "Que espécie de amizade eu tenho?" Genesião comeu o pão inteirinho e nada deu a Joãpó. Nem migalhas. O cuspe secava-lhe à garganta, o estômago comprimia-se. O camarada amanheceu esfaqueado, esticado no sangue. Ele, Joãpó, nada viu. O peste não valia um arroto. Ficasse, então, com o pão seco e fizesse muito proveito. Parceiro assim não vale a pena. Um vagabundo tem que ser leal. Quando contou a história ao juiz, a plateia gargalhou, esticou o couro da barriga de tanto dar risadas. Brigara, sim, por causa de um pão seco. Mas não tinha culpa do ocorrido. O que estava contando era verdade. Não houve clemência. Aquele júri queria o couro de alguém naquele dia. Há situações em que todo mundo quer ver-se livre. Por que perder tempo com vagabundo? Joãpó, então fichado como vagabundo, agora como criminoso. Era a situação que o júri queria liquidar. Condenaram-no a quinze anos. Cumpriu pena. Ali mesmo. Na verdade, ele inaugurou a penitenciária. Antes não havia nenhuma. Chorou muito. Um choro engasgado e incolor, até que as lágrimas secaram. Um vagabundo não se acostuma facilmente com o correr manso das horas. Ninguém o visitou. Não tinha amigos e nem pretendia tê-los. Pouco se preocupava com as pulgas e percevejos. Difícil no começo. O correr manso do tempo faz com que tudo seja natural. Em todas as fendas entre os tijolos (há tempo o reboco caíra, argamassa de má qualidade, ao deus-dará, sem capricho) havia colônias prósperas de pulgas ou percevejos. Na luz do dia, percevejos audazes pulavam em voos rasantes. De começo, ficara impressionado com a agilidade das pulgas e dos percevejos. Mas, em pouco tempo, aprendeu a lidar – com as mãos ágeis ele aprisionava as pulgas em pleno pulo e, em seguida, esmagava-as entre as unhas dos polegares. Os percevejos esmagados eram amontoados no canto. De vez em quando, contava-os, satisfeito. Naquela pequena penitenciária, quase minúscula, com poucos prisioneiros, havia boa chance de cumprir a pena injusta com certo conforto. Nas outras, nas grandes cidades, o chumbo era grosso.

Pensava mudar de Quadrínculo, mas não tinha nenhum lugar na cabeça. Só se fosse para Jandaia. Mas não gostava de Jandaia. Gostava de Quadrínculo. Cidade alta, bastante fria, o vento passava varrendo a poeira fina e grudenta. Do alto do campanário, os cafezais perdidos no horizonte. Da janela da cela, via os meninos jogando bolas de gude na praça, a ponto de chegarem aos pés-de-ouvidos e a pedradas. Então, o menino renascia dentro da alma. “Longe vai essa ingenuidade, o sorriso fácil, por qualquer cisco no ar a alegria brotando na alma" – pensava, embevecido. Na infância, tudo é lindo, maravilhoso. Mas, depois... também ele, Joãpó, como outros jovens, também descobrira o entusiasmo, a ambição, os grandes ideais. Logo também descobriu que seu lugar no mundo era nos fundos, jamais na frente. Jamais teria acesso àquelas salas ricamente decoradas. Para ele, sordidez e miséria. Vivia num rancho, na fazenda do Meio, trabalhando e economizando. Desde os doze anos, enquanto os filhos do dono iam à escola, teciam planos futuros, planejavam conquistar a Europa e outras partes do mundo em viagens de férias, Joãpó amassava o barro vermelho. Tinha força física e todos gostavam dele. Quando ia à cidade, ficava horas olhando a mansão onde o patrão morava. Uma beleza. Então sonhava. Um dia, também teria uma mansão. Não ficaria se arrastando na terra revirada. Conheceria a bonança, sua vida mudaria. Quem sabe, a filha de seu patrão morresse de amor por seu belo físico taludo. Sonhos... Apenas sonhos. Estava, agora, atrás das grades. Antes, tornara-se um vagabundo. Depois, criminoso. Por um pão seco...

Olhava, na caída do sol, uma moça na janela de um casarão. Soube, tempos depois, que o namorado se suicidou. Morrer por amor. Que loucura! Nem ele, que se achava enjaulado e esquecido, queria morrer. Enfarado, pediu ao delegado alguns livros para passar as horas. Recebeu uma caixa de livros velhos, cujas páginas amareladas se confundiam com as traças que devoravam sua mente apodrecida. Mergulhou em leituras insólitas, distraía-se com os romances aventurescos. Mas, em geral, era muito chato.

Nenhum livro, exceto *Dom Quixote,* falava sobre aventuras verdadeiras. Escritores chatos narrando vidas descoloridas. Não havia vida. Mas o louco Quixote fez vibrar-lhe a alma. O cara era maluco, muito doido!

Descobriu, no translar dos dias, um fascículo pornográfico no meio dos livros, onde a figura santificada do sexo aparecia como símbolo eterno. Principiou, todas as noites, na masturbação. Foram noites de insônia profunda. Um bando de mulheres nuas e depravadas povoando os desejos escabrosos. Para ele, entretanto, todas as mulheres eram princesas, até mesmo aquelas de tetas caídas. Ainda pensando nas mulheres, perguntou ao delegado se podia aprender a tocar violão. "Para quê?" Respondeu: "O tempo não anda pra frente, só pra trás e, às vezes, de lado". A súplica foi atendida. Daquele dia em diante, quem passava pela rua adjacente à penitenciária, ouvia os repiques de viola e uma voz estranha, meio triste, cortando o coração, inundando melancolicamente as noites mornas. Escreveu modinhas, cantou emboladas, lundus e outras porcarias que só Deus sabe. Mas uma ficou gravada na mente do povo:

Triste sina de quem nasce
Porque, depois de nascer,
Não escapa de mamar,
Depois de mamar – de viver,
Depois de viver – pecar,
Depois de pecar – morrer!
Depois do corpo pecar,
A alma é quem vai sofrer...

Cantava alopradamente. Eram gemidos. O povaréu se condoía. Quem era aquele louco? O vagabundo e criminoso Joãpó. Por que não o enforcavam? Não havia pena de morte no país. O Estado tinha que tratá-lo até a morte. Então, que o levassem para outra penitenciária.

Quando o soldado amarelo chegava com a boia, abandonava a viola e segurava o bife esverdeado entre os dedos magros e comia sofregamente. Num certo tempo, o soldado amarelo vinha à noite, chegava de mansinho para não acordar a guarda, embarafustava na cela. Ele ficava esperando as mãos quentes e sôfregas desabotoando as braguilhas de suas calças. O sexo ia crescendo, inchando, endurecendo: o soldado amarelo beijava seu corpo, umedecia de saliva a pele suja, depois descia a boca quente sobre o pênis, chupando, chupando sempre mais, doidamente, em espiral. Sentia o corpo pulsar endemoniado e o espirro do esperma no rosto do soldado amarelo. O amante ia embora, em passos lentos, cuidados. Ninguém desconfiava do inevitável? E a noite voltava soterrada na solidão. Quando o soldado amarelo não vinha, Joãpó sofria muito. Aquele pederasta imundo era o seu único prazer. Durante o dia, o soldado amarelo o tratava com desdém, insultando-o, subtendo-o a torturas. Mas, naquelas noites absurdas, tornava-se uma moça, voz de veludo, dizia coisas sensíveis, gemia com gosto, prometia recompensas, como um bife maior e bem temperado. Que ele, pobre Joãpó, enquanto fizesse tudo aquilo, jamais passaria por privações. Porém, quando o sol mostrava sua cabeleira vermelha, Joãpó era tratado como um pano velho.

Sonhou, doutra feita, que tinha morrido nas enxurradas de Quadrínculo: quatro homens de negro carregavam seu corpo num luxuoso esquife rua afora. Em cima do tampão dourado, ia seu sexo, debaixo do chapelão de feltro. Na igreja, o padre perguntou por que haviam colocado o chapéu sobre o ataúde e os quatro forasteiros responderam que o diabo mais velho do inferno estava ali. O padre jogou, então, água benta no maldito e o chapelão saiu voando, endoidecido, num pé-de-vento. O padre correu atrás com água benta, daí o vento também carregou o padre. Surgiu, do nada, um arco-íris no céu em cores azuláceas. O povo se ajoelhou diante do mistério. E o defunto pulou fora do caixão feito Lázaro amargurado. Joãpó acordou: o soldado amarelo vinha vindo, pé ante pé, e logo as mãos quentes abririam as braguilhas das calças...

Um prisioneiro na mesma cela é um tremendo incômodo. Mas, por esse tempo, havia no país uma super safra de bandidos e vagabundos. As celas viviam apinhadas. Mesmo em Quadrínculo, cidadezinha, a penitenciária superlotou. Onde um vagabundo qualquer, como ele, vivia acomodado, colocaram cinco. A vida era como se a gente estivesse num funil. Revoltado, dizia: “Isto não é vida! O tempo bom de cadeia vocês não pegaram. Hoje é uma droga, uma bosta!” Todo mundo ficava espremendo as bundas nas paredes, com medo de algum tarado. Um dos prisioneiros começou a olhá-lo com jeito esquisito. “Vá procurar suas éguas! Comigo não, violão, que meu traseiro não é cofrinho” – berrou, desconfiado. De noite, percebeu que era tarado mesmo e queria passá-lo na vara à força. Se a soldadesca não acudisse logo, Joãpó o enforcava nas grades. A vítima tinha mais de meio palmo de língua de fora.

Assim é que contaram: o homem havia estrangulado uma velhinha de noventa anos. Trocaram o homem de cela, lá no fundo corredor escuro. De noite, Joãpó ouviu as passadas do soldado amarelo, mas esperou em vão as mãos quentes. Os suspiros vieram do final do corredor escuro e também uma gritaria dos demônios sufocados eclodiu. A guarda desentocou-se dos escondidos. Era tarde. O soldado amarelo estava morto, uma poça de sangue esvaindo-se das nádegas. O tarado olhava satisfeito o cadáver de cu ensanguentado. Segurava na mão uma lâmina de aço, também ensanguentada. A polícia o algemou e o escoltou ao pátio. Ouviram-se xingamentos e vários tiros no paredão. A versão contada e multiplicada: o tarado agredira dois ou três soldados e já estava saltando o muro alto. Então, dispararam, no cumprimento da lei. O tarado caiu de borco, perfurado, numa expressão de espanto. Nunca mais Joãpó viu o soldado amarelo...

Antes de completar a pena, o delegado deixou as portas abertas, mas Joãpó, nessa época, criara medo dos homens. O único companheiro, já que o soldado amarelo se fora, era a viola, consolando-o nas noites mornas. Mas ele não podia, segundo o delegado, ficar mais tempo do que o previsto. Vieram buscá-lo e o delegado espalmou suas costas: "Você o melhor de todos. Por Deus, até merece medalhas. Nem devia ir embora". Soltou uma risada sádica. Despejaram-no na rua. O sol da manhã brilhava. Uma imensa dor nos olhos acostumados à semiescuridão. Quadrínculo crescera. As pessoas iam e vinham. Eram fantasmas no duvidoso mês de maio. O que fazer? Decidiu voltar à vida de vagabundo. Nada por nada; tudo por uma pedaço de pão ou um mercedinho de cachaça. Mas havia vagabundo por toda parte, nunca vira coisa igual. Antes de sua prisão, os ranchos de pouso eram sopa... Chegava ao escurecer, estendia o pelego ensebado e pronto. Nenhuma companhia, nenhum estorvo. Agora, chovia vagabundos. Até o pão ficara difícil. Resolveu, então, ter outra profissão: contratava as mulheres, levava-as nas pensões baratas que circundavam a rodoviária, onde homens famintos por sexo circulavam, cobrando determinada percentagem por coito. Vivia bem. Começou a cuidar da aparência: vestia sempre um terno de linho branco e chapéu Panamá desbotado. Gravata de bolinhas estampadas. Era cercado por mulheres decadentes, com sífilis, gonorreia e AIDS. Havia mercado – homens insatisfeitos e com dinheiro nos bolsos. Joãpó, o empresário, viveu bem por boas temporadas. Mas o diabo sempre anda vigilante. Eram duas horas da madrugada quando entrou no cafezinho sujo da esquina. Aguardava por novos negócios. Pediu café com bolacha. Aí entrou um guarda que tinha o apelido de Zero-Nove-Fora, com um cacetete de pau de quase meio metro. Entrou bêbado, distribuindo porradas, botando todo mundo rua afora. Ninguém podia beber cachaça. Mas o moringão podia. Aquele pulha! Joãpó não bebia cachaça porque estava no trabalho. Só leite com café e bolacha. Além do mais, por causa de uma úlcera no duodeno. Não ia sair do bar. Não era cachorro de correr no primeiro bater dos pés.

O cinema Três-Rios fechara as portas há horas. Charles Chaplin dormia enrolado nos rolos de fita. Não era engraçado o bigodinho do Carlitos? Ah, se era. Mas o guarda não quis saber do filme, nem quem era Carlitos: deitou-lhe uma cacetada nas orelhas, que as deixou caídas. Mas que diabo era aquilo? As orelhas sangravam e manchavam o terno de linho branco. Estava trabalhando, não via que ele era um empresário? Um empresário! – quis gritar. Mas Zero-Nove-Fora deitou-lhe outra cacetada, que passou raspando as orelhas e quase quebrou o ombro. Aí, ele se lembrou que tinha uma pistola antiga no fundo do baú, empoeirada. Aturdido, correu rua afora, e foi buscá-la, em seguida retornando ao bar. Aquele miserável teria o merecido.

Quando embarafustou no salão, o guarda veio de encontro, gritando, girando o cacetete. Joãpó apontou a arma e deu o tiraço: Zero-Nove-Fora saiu do bar em passos trêmulos, caiu na calçada como fruta podre. Havia chovido e a farda se enlameou de barro vermelho, a cabeça quebrada feito cristal. Legítima defesa. Havia testemunhas. O júri não quis conversa fiada: mais treze anos no costado de Joãpó. Explicar o quê a um júri idiota? Estava no bar bebendo café com leite e comendo bolachas. O guarda chegou bêbado, girando velozmente o cacetete, esparramando os poucos bêbados. O que fazia Joãpó àquelas horas da noite num bar de meretrício? Ora, bebendo café com leite e comendo bolachas. O júri ficou indignado. Ninguém àquelas horas bebia café com leite e comia bolachas. Mais treze anos. Desta vez, era o fim. Mas não se sentia culpado. Um homem curtido pelas adversidades. A cadeia era um lar.

Por esse tempo, após seis meses de chuvas prolongadas, sobreveio uma peste sobre a população de Quadrínculo. Não sobrou vivalma no casario. Os ricos simplesmente haviam fugido e os pobres se ferraram. O delegado recolheu, numa semana, mais de dez quilos de chaves e fechou as residências. Os mortos eram queimados em praça pública ou enterrados em grandes valas. Joãpó ajudou os soldados nas escoltas e teve múltiplas chances de fuga. Mas, para quê? O bom vagabundo não é aquele que foge, mas aquele que persiste até o final, embora derrotado. Encontrava prazer em amontoar os cadáveres e incendiá-los, na esperança que a lei pétrea da Inquisição voltasse. Convenceu-se de que, sem dúvida, a melhor morte era na fogueira, onde a carne fritava e os ossos derretiam, e a massa corpórea se resumia num punhado de cinza flexível ao vento. As labaredas possuíam os últimos êxtases dos homens. O cheiro de gordura queimada provocava-lhe ânsias de vômitos. Entretanto, o riscar de fósforos e o estralar das labaredas davam-lhe prazer indescritível. Nunca pensara que poderia sair-se tão bem como coveiro, empurrando os corpos semiapodrecidos nas valas, ou como oficial-maior da Inquisição, em remotas épocas, quando os santos padres da santa madre Igreja, toda poderosa, botavam fogo nos hereges, empanzinados de razões obscuras.

Era primavera. Mas sombria. Quadrínculo estava ilhada. Ninguém saía, ninguém entrava. Aos que ali estavam só restava um final tenebroso. Aos olhos de Joãpó, porém, tanto fazia morrer na cama tomando vinho francês com a amante como derreter-se naquelas labaredas cegas. Até o padre, homem educado em boas leituras, simplesmente derrete-se na fogueira, e fedeu muito, o que fez Joãpó vomitar mais ainda.

Na tarde do último dia da primavera sombria, Joãpó jogou na fogueira três velhas vivas, com imenso prazer. Com olhos bondosos, sentenciou: "Vão, antes que apodreçam e espalhem mais peste. Sejam boazinhas!" Perdera o sentido das coisas, a percepção esvaziara. Via-se em sua face enrugada a loucura. Tanto fazia viver ou morrer. O homem trazia a morte dentro de si, como a fruta trazia o caroço. Barro ruim, o homem. A vida, ilusões insustentáveis. Nada, a condição.

Aos poucos, a cidade ficou fria e deserta. Recolheu, no último dia da primavera, a última chave – aquela mansão que tanto o invejara na infância. Mansão que mudara a sua vida. Ali cortara grama, limpara tapetes e lavara janelas. Certo dia, porém, olhou para a filha do dono da mansão e sentiu-se muito aborrecido. Descobriu que eram seus músculos que a sustentavam em boas escolas e em seus carros importados. Era seu trabalho que ajudava a comprar aqueles carrões. Era o seu trabalho que mandava o filho do dono às melhores escolas. O seu trabalho. Sim, o trabalho duro. Aquela família viajava a outros países graças ao seu trabalho e a tantos como ele. Essa descoberta o aborreceu. Foi, nesse dia, que tomou o primeiro porre de sua vida e nunca mais quis trabalhar duro. Tornara-se, enfim, uma espécie de gente que todos rejeitam. Um vagabundo. Depois, um criminoso. Agora, um qualquer. Tanto orgulho, para quê? As chaves daquela mansão estavam em suas mãos e o seu povo crepitara na fogueira. Recolheu as chaves e voltou à cadeia. Estendido na cadeira de balanço, jazia o delegado numa cor visguenta de sapo morto. Abriu as celas e ordenou aos prisioneiros que fossem para casa. Mas ninguém se mexeu nem se alegrou. Só, então, Joãpó percebeu que tudo estava deserto, a morte varrera as celas, e tudo tremendamente silencioso e triste. Ninguém nas ruas, ninguém nas casas. Muitos urubus vinham dos chapadões para devorar os restos de carne putrefata. Espaldou-se no chão gélido e pensou sobre a felicidade. Não chegou a nenhuma conclusão. Enforcou-se numa manhã chuvosa, bem antes dos urubus irem embora pelo céu molhado, sem concluir a pela imposta pela extinta Comarca de Quadrínculo...

A vaca no quarto andar

—Mas o que posso fazer?

Damião estava nervoso, inquieto, absolutamente sem raciocínio.

—Matá-la.

—Matá-la? Você está doido. Ela cresceu conosco, é a maior amiga de minha netinha! Como matá-la? Parece que você não tem coração!

—Olha, para mim, é muito simples. Você a mata e amanhã vende a carne aos açougueiros. E faz uma boa grana. Ainda compra alguns presentes à netinha. Ela, com certeza, logo esquecerá. É uma menina. Logo entenderá.

—Mas é muito dolorido... Será um golpe fatal. A Mimosa foi criada junto dela, ao redor de todos nós. Acho que a Mimosa tem alma!

—Que absurdo! Onde se viu vaca ter alma? Milhares de vacas são assassinadas a todo instante. E há milhares de bifes sendo fritos e apreciados neste momento. Largue de besteiras!

Damião contemplou o amigo Cabeção com ar estúpido. Depois, observou:

—Não estou interessado em lucro. Prefiro a felicidade de minha netinha. Mais dinheiro, menos dinheiro, que importância tem?

—Não seja burro. Mate a vaca e compre outro animal de estimação. Ela entenderá. Há milhares de vacas no mundo.

Estavam no bar. Cabeção encontrara Damião por acaso. Ambos eram aposentados e gastavam o tempo bebericando e conversando fiado. Mas, naquele dia, Damião estava deprimido. A questão da vaca tornara-se algo muito importante. Os vizinhos o denunciaram à saúde pública. Fiscais bateram à sua porta. Os mugidos da vaca, no quarto andar, o denunciaram. Ninguém estava disposto a escutar os mugidos constantes de Mimosa fora de horário. Os fiscais deram prazo.

—Três dias. Nada mais do que isso. Resolva o caso antes que azede. Isto não é uma estrebaria! Se a vaca não for tirada daqui, a cada dia a multa dobrará e, por último, chamaremos a polícia.

—Mas... é de estimação! Foi criada com a gente.

—Isto não é uma estrebaria. É um prédio. Há regras específicas para condomínios. Estamos sendo complacentes.

—Um prediozinho de quatro andares. Sinceramente, estão sendo injustos. A Mimosa não atrapalha. Vou descobrir esse vizinho infeliz.

Os fiscais se avermelharam. Como explicar a um sujeito turrão que uma vaca era um animal abatível, perfeitamente saborosa depois de morta? Lugar de vaca era nos prados, nas estrebarias. Jamais no quarto andar.

—Se não quer matá-la, venda-a. Deve dar um bom dinheiro.

Um dos fiscais riu-se cinicamente, mostrando a falha nos dentes superiores. Depois se foram.

Cabeção, há minutos, também sugerira:

—Se tens coração mole, venda ao açougueiro. Conheço um que a mata sem filosofia alguma.

Damião sentiu-se levemente aliviado. Nunca matara sequer uma formiga. Possuía uma faca de sobremesa, sem fio, cega. Outro pensamento lhe ocorreu: talvez pudesse envenená-la. Ou, quem sabe, enfiasse a tesoura da mulher pelos olhos até atingir os miolos... Que barbaridade! Coisas horrorosas povoavam sua mente. O suor brotou à testa. Havia outra complicação: teria que matar Mimosa na área de serviço do apartamento. A vaca jamais desceria a escada, dobrando as esquinas, sem se quebrar toda.

—Ah, meu Deus, o que eu fiz? Sou o grande culpado. Ao fazer o bem, criei o mal.

2

—O que é isso?

—Não vê, mulher? É uma bezerra. Olha que maravilha!

Damião resfolegava. Carregara escada acima a bezerra nos braços, a netinha saltitando alegremente os degraus. Que entusiasmo! Parecia que tinha engolido o sol e faiscava brilho por todos os poros.

—Damião, que absurdo! Onde está com a cabeça? O que fará com ela? – a mulher estava estupefata.

—Presente para Letícia.

—Não poderá ficar no apartamento.

—Pode sim, vovó! Pode sim!

—De jeito algum. Damião, tome juízo e desça já com esse animal antes que seja tarde! – ralhou a mulher.

—Ah, não. Tive um trabalhão para subi-la. Veja como estou suado. Agora, não a descerei. Se quiser descer, faça você.

—Vovó, eu quero a Mimosa!

—O que disse? Mimosa?

—É o nome que vovô deu a ela. É bonito, não é?

Letícia abraçou a bezerra. E a bezerra sentiu-se amada.

—Muuuuuú!!!! Muuuuú!!!!

Damião trouxe leite numa tigela. A Mimosa bebeu.

—Muuuú!!! - fez ao terminar, pedindo mais.

Damião buscou mais. Ela bebeu. Era muito bonita. Uma mancha branca na testa, como estrela. Uma faixa, também branca, principiava na nuca e corria pelo lombo até o rabo. E duas manchas brancas - uma de cada lado da barriga - davam o toque final.

—Mas ela não pode ficar aqui! - insistia a mulher. - O que os vizinhos vão dizer? Choverão reclamações.

Damião zangou-se.

—Pelo amor de Deus! Deixe-a pelo menos uma noite. Não consegue perceber a felicidade de Letícia?

—Está bem. Só por uma noite. Amanhã, bem cedo, quero vê-la fora daqui. Antes de os vizinhos...

—Ela não fará barulho. É dócil. E ninguém precisa saber que a Mimosa está aqui. Vamos tratar do assunto como se fosse segredo de Estado.

Assim Mimosa ficou. Pousou no quarto da netinha. De manhã, mugiu, chamando pela mãe. Mijou e fez cocô pelo quarto. Sabiamente, Damião providenciou a limpeza antes que a mulher percebesse. Mais um dia. Só mais um dia. Nos olhos de Letícia brilhava a felicidade. Outros dias vieram. E Mimosa foi ficando, foi crescendo, como parte da família. Letícia trouxe as crianças do prédio para conhecer e brincar com Mimosa. Todas se divertiam muito. Quando um novo morador reclamou, os vizinhos tomaram as dores de Damião, pois os seus filhos estavam deslumbrados com as histórias sobre a Mimosa. As queixas caíram no vazio e o vizinho descontente fez a mala e se mudou. Na escola, Letícia espalhou a novidade. E rapidamente os colegas vieram conhecê-la. Que fábula. Todos se achavam embevecidos.

—Uma vaca no quarto andar!

A notícia correu. Era o máximo. Os meses foram passando. Mimosa foi crescendo. Todos os dias Damião trazia um grande feixe de capim fresco. E havia rações. E, sobretudo, havia muito carinho. A família girava em torno dela. Conforme crescia, o espaço se tornava um problema cruel. A pequena área de serviço não a comportava. Também não podia pernoitar no quarto pequeno da netinha. E surgiram outros transtornos. Ao caminhar pelo apartamento, esbarrava nos móveis, nas paredes, e o rabo dançava de um lado a outro. E, freqüentemente, mastigava toalhas, travesseiros, lençóis. Os mugidos engrossaram, principalmente quando se achava solitária ou queria comer.

—Muuuú!!!! Muuuú!!!

Por vezes, mugia no meio da noite, no silêncio da madrugada, quando poucos carros circulavam pelas ruas.

A desgraça chegou. Mudou, por esse tempo, quando Mimosa completara um ano, um novo inquilino. Detestava animais. Cachorros, gatos, papagaios, periquitos... Quando tomou conhecimento de Mimosa, ferveu-se num caldeirão de ódio.

3

Se não tivesse ido à quermesse, nada teria acontecido. Era domingo. Estava enfastiado. Ficar em casa, deitado no sofá, assistindo a programas horríveis de televisão, não era bom negócio. Tinha que colocar tempero naquele domingo. Lembrou-se da quermesse. Ótima oportunidade para rever os amigos. Mas não podia sair sorrateiro. A mulher vivia enciumada. Faria um escândalo. Convidou, então, a netinha de cinco anos e, com isso, evitaria os ciúmes doentios da mulher. Não teria nenhum custo, apenas guloseimas.

—Mulher, vamos à quermesse?

Sabia que ela não gostava de sair. Vivia no casulo. Nos últimos tempos, rezava e assistia a programas religiosos.

—Não sou mulher de bater pernas pelas ruas! - foi a resposta.

—Então, eu vou!

Esperou por uma ladainha de reclamações. Mas nada aconteceu.

—Letícia irá também.

E saíram. Adorava passear com a netinha. Renovava-se. Toda aquela bola de energia que explodia na netinha o deixava certo de que a vida não era para ser salva, mas para ser gasta.

Havia um grande baile popular no galpão atrás da igreja. Uma banda animava a pequena multidão frenética. O leiloeiro estava rouco. O bingo corria animado. Prometia muitos prêmios. Entre eles, uma bezerra, doada por certo fazendeiro. O padre, já um pouco bêbado, flertava abertamente mocinhas, solteironas e viúvas.

A festa estava no auge. Alguém ofereceu-lhe um bilhete. Damião comprou. Gostava de participar. Mais por prazer do que por ganância. Letícia queria algodão doce, também uma maçã do amor, e crescia em desejos por umas bonecas de pano coloridas. Queria tudo. Damião fazia-lhe todos os gostos.

De repente, estrilou no ar o anúncio:

—Primeiro prêmio, 52. Atenção, 52!

Damião retirou o bilhete amassado do bolso. Atônito, balbuciou:

—O meu número. Ganhei!

Mas ganhara o quê?

—Uma bezerra, Damião! - disse um conhecido.

—O que farei com uma bezerra? - exclamou.

—Quero vê-la, vovô! Onde ela está?

Diante da bezerra, Letícia não cabia em si de contente.

—É minha, vovô! É minha!

A primeira ideia que povoou sua mente foi que deveria devolvê-la à igreja. Assim faria uma boa ação. Ele não precisava de bezerra alguma. Quem sabe vendê-la à igreja? Algum fazendeiro ou granjeiro teria interesse em comprá-la? Mas a euforia de Letícia o liquidou. Teria que levar a bezerra para casa. Mas e quintal? Morava no quarto andar. Era espaço pequeno. Ideal para ele, a mulher e os dois filhos adolescentes. Entretanto, com o retorno da filha Amélia, após um tumultuado casamento, trazendo a netinha junto, o pequeno espaço do apartamento minguara mais.

O que faria, então, com a bezerra? Não queria magoar a netinha. Trouxera brilho em sua vida. Sentia-se leve, planava igual a um passarinho. Antes, vivia enfarado, disposto a dar um tiro na cabeça. Agora, o prazer imensurável pela vida o tomara de supetão. Via alegria até numa palha voando. Realmente não podia entristecer aquele mimo de criança. Só havia uma coisa a fazer: conduzir, através de uma corda, a bezerra para casa. Depois pensaria no que deveria fazer.

—Vovô, qual é o nome dela?

Que situação! Precisava de um nome para o animal. Pensou, pensou. Nada de bonito surgiu de imediato. Lembrou-se dos tempos de fazenda. Havia uma vaca chamada Mimosa. Uma doce criatura. Não teve dúvidas. Era o nome.

—Mimosa, Letícia, ela se chama Mimosa.

—Que legal, vovô!

Assim, Damião, Letícia e Mimosa tomaram o caminho do apartamento, no quarto andar, para surpresa de todos.

Era noite alta do domingo quando Damião, com a bezerra nos braços, subiu os degraus da escadaria, com a netinha ao lado, saltitando, deslumbrada. Por sorte, não encontrou nenhum vizinho àquelas horas.

4

"Há pessoas que nascem com espírito de assassino e se tornam açougueiros" - pensa Damião, constrangido. Ele jamais matara uma formiga. Andava olhando o chão, desviando-se dos carreiros.

—Pobrezinhas! São filhas de Deus - murmurava.

Cabeção, entretanto, discorria com entusiasmo como o seu amigo açougueiro matava porcos e bois. Insistia:

—É um mestre! O boi não muge. Cai feito uma jaca madura.

A cada palavra, Damião sentia-se atordoado. Mas o que deveria fazer? Os fiscais não estavam brincando. Ele já andava chafurdado em dívidas. Se resolvessem multá-lo... Bem, ficaria sem saída.

Numa manhã, foram ao açougue. Era um homem gordo, enorme, usava estranha barbicha de bode. Tinha olhos mongólicos e o seu sorriso era torto. Damião já não simpatizou com ele à primeira vista. Parecia o demônio em pessoa.

—Olha, Matadô, o caso é o seguinte: temos uma vaca pra sangrar - explicou Cabeção, apressado. - Um serviço rápido.

O brutamontes interrompeu-o, repuxando a barbicha.

—Matar é meu ofício. Não tenho pena alguma quando sangro. Aliás, com sinceridade, sinto prazer. O sangue quente esguichando! O poder que tenho em tirar a vida como num passe de mágica! Por Deus, isso me dá arrepios de prazer. Um dia sem sangrar fico doente.

Damião horrorizou-se. As vistas escureceram.

—Vamos embora! - gritou. - Esse mal-encarado jamais terá o prazer de acabar com a Mimosa!

E saiu arrastando Cabeção pela camisa.

—Por que tanto barulho? Eu sou mestre no ofício. Sangro com qualidade. Ninguém melhor do que eu na região. O animal não sofre. Morre como uma bênção. A carne fica macia, suave. Deixa eu contar como faço...

—Assassino! - gritou Damião, rouco.

Nenhum carniceiro botaria as mãos na Mimosa.

—Que é isso, Damião? Alguém tem que matá-la. Ou a polícia baterá à porta.

Ao ouvir a palavra "polícia", quedou-se temeroso. Teria coragem de enfrentar a lei? Fora notificado. Pagaria multa. Mas o envolvimento com a polícia não lhe agradava. Estava num beco sem saída. Matar Mimosa, na frente de todos, na área de serviço, transformando-a em bifes, seria o fim do relacionamento mágico criado entre ele e a netinha.

E se os animais também tivessem alma? Não estaria pecando? E quem poderia provar que Mimosa não possuía sentimentos, emoções, enfim como todo humano? Também sentia dores, também sentia-se amada, também expressava carinho. O que sentiria quando percebesse que as pessoas que tanto amava eram ingratas, desonestas, falsas? A lâmina cortando, o sangue esguichando. Que dores horríveis sentiria! Sem falar na mágoa pela traição de pessoas em que tanto confiara...

5

Que noite maldita. Rolava na cama. A insônia o devorava. Grandes olhos arregalados. Levantou-se abruptamente. E quase gritou à mulher que dormia pesadamente.

—É isso, mulher! É isso! Acorda, mulher, ouça!

Sonolenta, sem saber do que se tratava, a mulher sentou-se na cama. Damião andava pelo quarto.

—Mas o que houve? Algum incêndio?

—Uma ideia brilhante. A gente contrata um guindaste, daqueles com braços compridos, e resgata a Mimosa. Assim não a matamos!

—Que droga! Me acordar a estas horas por causa da vaca! Só me faltava essa! – e voltou a se deitar, enfezada, indignada.

Damião que fosse às favas. Estava louco. Melhor seria marcar uma consulta junto ao psiquiatra.

—De manhã, irei tratar do assunto. Sei onde achar o guindaste.

—Me deixe em paz. Quero dormir.

Que marido! Por ela, a Mimosa já tinha se transformado em bifes há tempo. Nunca fora de seu agrado ter o animal no apartamento. Sujava e quebrava tudo.

De manhã, muito eufórico, Damião anunciou à netinha:

—A Mimosa está salva!

Assim surgiu outra preocupação. Onde colocá-la? Sem muita conversa, foi atrás de alguém que tivesse um estábulo. Quem tinha chácara? Seria um belo presente. O Azevedo? O Mendonça? O Zé Fernandes? Telefonou a todos. Explicou, exaltou as qualidades de Mimosa. Nenhum se interessou. Que maçada! Um presente caído dos céus e ninguém agradecia. Davam evasivas. Custo muito alto, pastagens insuficientes, o inverno seria rigoroso. Mais uma cabeça de gado seria incômodo. Sugeriram:

—Por que não a mata e guarda a carne no freezer? Ou faz uma festa aos amigos? Ou a vende diretamente ao matadouro?

O sangue gelou. Que espécie de amigos tinha? Xingou-os. Ofensas! Todos se preocupavam com o vil metal. Não a mataria, mesmo que tivesse de expulsar os malditos fiscais a balas.

Por final, depois de algumas discussões, Florêncio aceitou, desde que Damião fornecesse a ração. Bem, pelo menos, uma solução.

Ao meio-dia, o guindaste estava na frente do prédio. A difícil manobra começou. Amarraram Mimosa com largas lonas resistentes.

—Muuuú!!! Muuuú!!!

Estava assustada, dava coices, chifrava. Revirava os grandes olhos. Pressentia o perigo. Policiais bateram à porta. A rua, naquele horário, congestionara-se. O trânsito empacara. Buzinas estrilavam. Um descontentamento geral. Muitos curiosos especulavam. Outros simplesmente desejavam ir para casa. O estômago vazio os deixava nervosos.

—Mas que ousadia! Parar o trânsito por causa de uma vaca!

Damião tentava acalmá-los. Mas ninguém lhe dava ouvidos. Felizmente, após muito diz-que-diz, Mimosa estava amarrada e enrolada na grossa lona. O guindaste enorme a guinchou e a suspendeu no ar e, vagarosamente, procedeu a descida. Uma vaca suspensa no ar, esperneando e mugindo era algo inusitado. Quadrínculo, até aquela data, nunca havia visto uma vaca planando pelos céus, como se fosse voar. Os habitantes estavam pasmos.

Numa caminhonete, Mimosa foi transportada até a chácara. Damião e Letícia acompanharam-na com os olhos marejados.

1964

Logo após a Revolução de 1964, havia euforia e temor por todos os lados.

Aquele grupo de amigos ocupava a mesma mesa dos fundos do Bar Cheiro de Jasmim, entre caixotes e grades de madeira empilhados com garrafas cheias e vazias, e à maneira dos pobres trabalhadores, ou desocupados, mas decentes, que sabem que não podem vaguear à toa, uma porque não podem mostrar suas casas, outra porque não tem casa alguma, e a polícia logo bota as mãos em cima. Na mesa, o litrão de cachaça branca, ao redor, os copos americanos; de vez em quando, um prato de linguiça frita, gordurenta, era pedido por um deles. Eram todos da cidade, mas de origem duvidosa. Ali, para conforto e respeito de todos, não se indagava sobre o passado. No início fora difícil fazer amizade com Dente de Prata, fechado como concha, não permitia confidências, tampouco fazia perguntas. Quando ria, mostrava um dente de prata enegrecido, e seu rosto quase anônimo chegava a parecer interessante. Magro e moreno, mais baixo do que os outros, tinha os olhos espertos, incisivos e tristes. Mas ninguém lhe perguntava nada. Trabalhava numa mercearia e, à noite, frequentava o colégio técnico, mas não se empolgava com os assuntos áridos dos números e estatísticas, por isso ia pouco às aulas. Preferia sentar-se ali naquela mesa, junto com os companheiros e beber. A cidade estava eufórica com a tomada do poder pelos militares, os comunistas estavam se borrando de medo, e a população inculta havia botado fogo na casa do promotor, um comunista. Os amigos bebiam e tagarelavam, mas Dente de Prata permanecia calado. Bebericava e rodava silenciosamente o copo americano sobre a mesa suja. Se zombavam dele, também ficava calado.

Os comunistas eram caçados... Havia euforia. "Pegamos mais um!" – diziam. "Aquele professor, o Afrânio, também não escapa dessa..." No outro dia, a novidade: "O Afrânio se ferrou! Chorou como criança... Urinou nas calças!" O jovem poeta Josias dos Anjos, que recitava pelos bares poesias comprometedoras, escondera-se no paiol, no sítio de seu avô, distante, nos confins da gleba, foi delatado por um vizinho sovina e católico, e foi trazido à polícia num jipe velho num dia que chovia pra valer. Estava sujo, empoeirado, com cabelos de milho e palha nos cabelos pixains.

Com medo, todo mundo resolveu caçar as bruxas. Bastava ter ideias diferentes que já era delatado. A igreja encheu de fiéis. De uma hora para outra, todo mundo se converteu ao catolicismo, tendo em vista que os comunistas eram ateus e comiam crianças... O pároco nunca viu tanta gente rezando e olhando de viés para ver se encontrava no meio da massa algum comunista disfarçado.

Mas aquele grupo de amigos ocupava a mesma mesa do bar Cheiro de Jasmim, contando lorotas, esvaziando o litrão de cachaça e saboreando linguiça frita. Lorotas, palavras vazias, fofocas de rua, nada mais. Dente de Prata permanecia taciturno e calado.

Três meses depois da Revolução, por volta de julho, quando o frio arrepia os viventes e as primeiras geadas fortes queimam os campos e os cafezais verdes, Dente de Prata disse aos companheiros que ia embora, não o esperassem mais. Estavam bêbados e, naquele dia de inverno, bolsos vazios, ninguém havia pedido a porção de linguiça. Levantou-se abruptamente. Mas a notícia da partida do amigo não inquietou ninguém. O mais velho recomendou-lhe que tomasse cuidado com os "detetives do poder". Dente de Prata, com um sorriso breve, respondeu que não tinha medo de traidores. Os demais não disseram nada, tão bêbados estavam.

Diante dos belos olhos de sua namorada, Maria Clara, titubeou, quase desistiu. A lua de inverno no meio do céu, em brumas, deu-lhe coragem, e disse adeus com a voz embargada, prevenindo-a de que não esperasse notícias dele, nem cartas. Estaria muito ocupado. Maria Clara custou a acreditar no que ouvia. Os dois se amavam mesmo. Houve choro convulsivo por parte dela. Abandonou-a no meio da noite, debaixo daquele luar brumoso.

Mas não partiu imediatamente. Morava nos fundos da mercearia, num puxado de madeira, entre caixas e sacos de alimentos. Lavava sua roupa e fazia comida uma mestiça gorda, as pernas maltratadas por varizes salientes e escuras, que também trabalhava na mercearia como escrava do português sovina. Ela gostava dele, tratava-o como a um filho. Despediu-se dela, ordenando-lhe que dissesse a quem o procurasse que, durante meses, estaria nas montanhas de Minas Gerais, colhendo café. "Mas você pode colher café por aqui" – respondeu-lhe a mestiça. "Por que ir tão longe?" Severo, cenho fechado, mastigou as palavras: "O que um homem tem que fazer, deve ser feito". Apalpando o último ordenado que recebera da mercearia, partiu. A cidade dormia e seus habitantes sonhavam com a caça aos comunistas do dia seguinte. Antes de abandonar a cidade, jogou a mochila de livros numa vala encharcada, pronunciando: "Adeus, Karl Max! Pelo menos, por um tempo..."

Desapareceu. Virou poeira. Sumiu. Os amigos sentavam naquela mesa, bebiam a cachaça e comiam linguiça frita. Dele, esqueceram. Vagamente, se lembravam do dente de prata sujo no lado esquerdo da boca que quase não se abria, nem para mastigar a fritura.

Mudou-se para Curitiba, num quartinho dos fundos, no bairro Boqueirão. Enfiou-se naquele quarto e da cama estreita de ferro, olhava com tristeza o pátio de terra envolto na neblina. Conseguira, no sebo da cidade, um volume da Bíblia e outro de Karl Max, já roídos pelo tempo. Não devia ter jogado o seu na vala, com todas as anotações. Ainda bem que encontrara um volume no sebo, tão velho e roído pelas traças. Com certeza, os caçadores de comunistas não tinham vasculhado aquele sebo. E a Bíblia? Jamais lera a Bíblia e, provavelmente, jamais leria. Tinha comprado por lembrar-se com frequência de sua mãe, que morrera tísica apanhando algodão e fazendo a fortuna do patrão. Se lesse, com certeza seria o livro Apocalipse. Mas não leria. Já O *capital* era manuseado, riscado e circundado por anotações de cedo à noite, quando tombava sobre o próprio livro e dormia.

Na semiescuridão do quarto mofado, pensava na missão. Rodavam na cabeça as lições de Marx e de Mao Tsé Tung: "O inimigo avança, retiramos. O inimigo acampa, provocamos, o inimigo cansa, atacamos. O inimigo se retira, perseguimos". Tudo por uma democracia do povo para o povo. Mas, desta vez, recebera a ordem: vá até o fim. Dias e noites se misturavam em sua cabeça; o tempo escorria mole, como areia entre os dedos. Na parede, num calendário, ele demarcava os dias com uma ponta de lápis roxo que achara na rua. O coração batia adormecido. Sim, ir até o fim... Estava só ossos, as olheiras cobrindo os olhos parados.

O que fazia ali naquele quartinho escuro?

• • •

...Naquele 7 de setembro, o general Godofredo levantou-se com a pá virada, o grosso bigode preto subindo e descendo, queimando igual taturana, por causa do coronel, dos comandantes, dos tenentes, sub-tenentes, dos borra-botas dos milicos, que haviam falhado na captura do inimigo, o estudante Manuel, o Manuelito, líder do grêmio da Universidade, que fazia reuniões clandestinas e greves contra o Regime; sim senhor, um merdinha de nada cantando de galo num terreiro que já tinha dono, e os bostas de sua tropa, a segurança do Estado, não conseguiam desmantelar a quadrilha, que planejava horrores contra a Democracia, e tinham falhado novamente, naquela madrugada, quando planejavam soltar uma bomba no famoso Teatro Guaíra; estava, pois, aborrecido e chutava qualquer um que encontrasse pela frente, inclusive os seus três ordenanças, que se escondiam nos cantos, com medo de reprimendas e prisão, e todos eles conheciam o temperamento do general e ninguém queria ser saco de pancadas – o grande chefe era feroz, bruto, bote de cascavel enfurecida; a tropa de sua Inteligência havia prendido doze estudantes que jogavam truco, bebiam cachaça e fumavam maconha num apartamento da rua Quinze, mas que, de livros e cadernos e panfletos subversivos, nada haviam encontrado, e o que trouxeram num saco de estopa eram gibis e pornografias, e a prisão dos estudantes fora apenas uma recompensa ostensiva, um pretexto para não voltar com as mãos vazias, e o general destilava ódio por todos os poros logo de manhã, e jurava que ele mesmo comandaria a prisão daquele comunista Manuelito e pedira uma ligação ao reitor da Universidade, por ele nomeado, e disse cobras e lagartos, que botasse os alunos espiões atrás do salafrário, porque, se isso não fosse feito, o reitor seria acusado de acobertar comunistas, mas foi interrompido pelo coronel Pimenta da Veiga, que lhe desviou a braveza, dizendo que havia, por toda a cidade de Curitiba, a notícia de um terrível revolucionário cubano infiltrado nas fábricas, incitando o proletariado, e que ele recebera informações de que este maldito cubano estava escondido no bairro Portão, e que a tropa já fora mobilizada para prendê-lo, pois se sabia, às ocultas, que o desgraçado planejava matar o general durante as comemorações da sagrada Pátria, naquela manhã; ao ouvir tamanho disparate, o general começou a rir, ora, ora, quem tinha a petulância de chegar perto dele, sempre rodeado por muralhas de soldados armados?, e se tal coisa funesta acontecesse, ele comeria o rabo de cada comandante etc., e começou a dizer grosserias ao coronel e a toda turma de puxa-sacos que o acompanhava, e sozinho, começou a pensar sobre a possibilidade de algum comunista cravar-lhe uma bala no peito e fazê-lo tombar; tudo aquilo não passava de bobagem, logo ele, o predestinado, o homem de confiança do Presidente que, há dias, lhe dissera:"Vamos fazer a maior usina hidrelétrica do mundo, a Itaipu, pra foder com o Paraguai e a Argentina, lá em Foz do Iguaçu, só pra não ver esses gringos cantarem de galo aqui em nosso terreiro, e você, meu general, será o presidente desta usina!", ao que ele, embevecido, respondera: "Sim senhor, é uma honra, dou minha vida pelo Senhor Presidente e pela sagrada Pátria, e não darei trégua a esses comunistas de meia-tigela", mas, agora, neste sete de setembro, estava enfurecido e desapontado com a sua tropa que só conseguia prender gentinha sem importância e deixava um Manuelito, uma pulga, fugir e zombar de sua inteligência, e mais esta: um cubano, filho de Fidel Castro, esconder-se no bairro Portão e planejar a sua morte... ah, isso era demais!, por acaso estava lidando com gente sem escrúpulo?, pois não sabiam que ele, o generalíssimo, seria capaz de queimar os comunistas vivos?, e assim estava quando foi descarregar a bexiga no banheiro e, por mais que se esforçasse, não conseguia urinar, só um fiozinho de mijo mal-cheiroso, e ele tentou por várias vezes, concentrando-se, mas o mijo não saía, até que bateram na porta e ele abotoou a braguilha, sentindo um suor estranho na testa...

• • •

Dente de prata se enfiou como boi no curral apertado na multidão. Vestia um casaco escuro sujo, as mãos enfiadas nos bolsos. Fazia calor, mas ele sentia escorrer pelo corpo o suor frio. O exército desfilava garboso, sob aplausos. De vez em quando, alguém gritava: "Viva a Revolução! Viva Deus! Viva a Pátria!" e os aplausos estouravam. O sol das onze horas brilhava intenso. Generais, coronéis, comandantes e tenentes desfilavam num carro verde musgo aberto. General Godofredo, impávido e colosso, sentia-se recompensado. As frustrações da manhã sumiram e, ali, no meio da avenida, ungia-se de poder absoluto. "Ah, ah, o governo não é pra quem quer. É pra quem pode; vale mais do que as riquezas, porque nem sempre as riquezas bastam para dar o poder." O povo nas mãos! Toda a nação nas mãos, livre dos comunistas. Por todos os lados, aplausos. Aqueles marxistas estavam na peia! O povo estava com os militares... Seria um prazer varrer os defensores do proletariado! Persegui-los até à morte, sem descanso!

—Viva a Pátria! Viva a Revolução!

Mais aplausos. Pais e mães erguiam seus filhos como oferenda à democracia. A grande Revolução se consolidava. General Godofredo sorria, o bigode farto espalhado sobre os lábios carnudos. Era alvo de rádios e tevês. O empurra-empurra dos jornalistas para acompanhar o desfile era hilário. Ah, muitos daqueles jornalistas estavam na sua mira também, não passavam de comunistas! Esperassem para ver! Debaixo dos holofotes, via a Pátria livre. Naquele momento glorioso, ele não amava, nem odiava. Olhava o povo submisso. Mas livre. Estava ali para defender aquela gente dos inimigos. Perseguiria um por um, sem trégua. Aquele Manuelito estava com os dias contados... Entraria nas escolas, universidades, bibliotecas, casas e queimaria os livros duvidosos... Não daria trégua. Foi, então, que sentiu a bala romper-lhe o corpo na altura do peito e, sem gritar por nada, caiu no meio do carro aberto, entre generais, coronéis, comandantes. Estava morto, os olhos esbugalhados.

Houve um frenesi seguido de vários disparos. Em meio à confusão, várias pessoas tombaram e, entre elas, Dente de Prata, de borco, o sangue escorrendo na calçada quebrada, com um sorriso torto.

• • •

Ocupavam a mesma mesa dos fundos do Bar Cheiro de Jasmim, à maneira dos pobres trabalhadores ou desocupados, mas decentes. Faltava um. E nenhum perguntava ao outro que fim teria tido Dente de Prata. Em cima da mesa, o litrão de cachaça branca, ao redor, os copos americanos; de vez em quando, um prato de linguiça frita, gordurenta, era pedido por um deles. Sobre a mesa ensebada, a página do jornal, com a foto de Dente de Prata. Não, entre os amigos, ninguém o conhecia. Nunca tinham visto aquele terrorista... Deus que os protegesse de pessoas más. Bebiam, sim, mas estavam dispostos a dar o sangue pela Revolução. Rodava o litrão de cachaça enchendo os copos americanos. Seguia-se mais um prato de linguiças fritas gordurentas. Na rua, uma Kombi verde-amarela convocava, num alto-falante roufenho, o povo à campanha “Ouro para o bem do Brasil”. Sim, o grupo de amigos estava disposto a dar o sangue pela Revolução...

A festa de natal de senhorinha

Senhorinha ia completar 90 anos. Muito falada e pouco conhecida. Vivia como sombra errante. Morava distante de Quadrínculo, na fazenda herdada de seus pais, e, há anos, ninguém a via pela cidade.

No imenso casarão, ela e o empregado Doriva, também envelhecido, que fazia as compras, de vez em quando ia aos bancos, dirigindo uma caminhonete Willian corroída por ferrugem. Os mais antigos se lembravam do fazendeiro Leonardo, homem temido, cheio de bravatas, que não tinha papas na língua, incapaz de levar desaforos para casa, e de dona Doracy, mulher religiosa, de não faltar missa aos domingos. Haviam entrado na selva, no vale do Ivaí, terra-roxa de invejar, no começo da colonização. Usaram da força bruta para dominar o sertão. Mas fizeram fortuna. Amealharam terras, não se sabe como, mas se tornaram poderosos. Os habitantes mais velhos contam fatos e boatos sobre as bravatas de Leonardo e pouco se fala sobre dona Doracy. Dela, dizem que era uma mulher desprovida de vaidade, dedicada ao trabalho da casa.

Naquela época, os casais procriavam balaios de filhos. Vangloriavam-se por ter quinze, vinte ou mais filhos, e a boa mulher era considerada uma fábrica de bebês. Mas, no caso de Leonardo e Doracy, só tiveram uma filha, e isto marcou Doracy como uma figueira seca, para desespero de seu marido. Havia, então, grande descontentamento no casal. Estavam ricos, mas o fato de deixar a herança para a filha os deixava aborrecidos.

Senhorinha cresceu na fazenda. Sem amigas, sem ir à escola. O pai a ensinou a ler à luz de lamparinas. Acompanhava a mãe à missa aos domingos. Era só. Quando os pretendentes apareceram, foram afastados pelo pai. Não seria qualquer joão-ninguém a genro. Senhorinha não era feia. Mas não se cuidava. Homens gostavam de mulheres cheirosas, princesas, e os pretendentes estavam mais interessados na fortuna.

O impensável, mas provável, aconteceu. Numa tarde quente de verão, no meio do cafezal, dando ordens à peonada, Leonardo sentiu-se zonzo, agarrou-se nos ramos do pé de café, e tombou feito jaca madura. Estava morto. Completara sessenta anos e imaginava-se que duraria mais sessenta, tanto era sua força bruta.

Senhorinha e a mãe tiveram que tomar conta dos negócios. O finado Leonardo centralizava tudo, como Moisés manejando o cajado. Mãe e filha tiveram que aprender a duras penas. Foram enganadas por vizinhos, bancos e empregados. Mas conseguiram tomar rédeas. Assim viveram por oito anos.

Era comum vê-las na cidade, junto com o peão Doriva, quem dirigia a caminhonete cinza. Por onde passavam, havia cochichos e, também, admiração. Então, elas tocavam a fazenda como homens!

—Onde se viu? - diziam os homens, ofendidos. - Lugar de mulher é no fogão. Quando muito, nas missas.

Mas elas não davam tréguas. Mantinham-se na trilha, e até se podia dizer que os negócios iam bem.

Viúvos e solteirões rondavam o terreiro, como galo velho. Podiam, sem dúvida, ter uma parte daquele filão de ouro. Mãe e filha ignoravam tais propostas e seguiam firmes nos afazeres. Doriva, o fiel escudeiro, seguia-as e obedecia-as sem ressentimentos. Comentários corriam:

—Só pode ser amante das duas. Eta, cabra de sorte. Vai herdar tudo. Se faz de bobo, mas é uma raposa.

Por esse tempo, veio o golpe duro: a mãe, quando comandava a secagem do café no imenso terreirão, sofreu um mal súbito, e caiu sobre os frutos ainda em cereja, sem tempo de pedir ajuda.

Assim, Senhorinha passou a viver só.

Ocupava-se com a lida dos cafezais, que ondulavam os morros, e da administração, contando moedas, já que as dívidas com as frustrações das colheitas aumentavam. Isso pela década de setenta.

O golpe fatal sobreveio com a geada negra, em 1975. O mundo desmoronou. Os cafezais das terras-roxas simplesmente foram torrados. O que era verde ficou cinza-chumbo. Os proprietários, grandes e pequenos, se viram, da noite para o dia, falidos. Aconteceu, então, o grande êxodo: colonos semianalfabetos abandonando as fazendas e sítios ou sendo expulsos, e indo para as médias e grandes cidades.

Senhorinha não sabia o que fazer. Estava falida. Olhava os colonos esfomeados pedindo para ficar, implorando, e nada podia fazer. Com que dinheiro tocaria os negócios? Os bancos eram vorazes.

- Então, Senhorinha, vamos liquidar as pendências - o gerente do banco, antes tão atencioso, agora carrancudo, inquiria-a.

Assustada, rodopiando no grande varandão, ela tentava argumentar, inventar uma saída, ganhar tempo.

—Ah, seu Garcia, má hora pra negociar... Levamos uma marretada na cabeça. Esta geada foi o diabo. Não restou nada. Dá uma espiada: os cafezais estão secos, nem brotarão mais...

—O banco não vive de promessas. Quer o dinheiro de volta. Não é responsável pelos riscos da lavoura.

—Paciência, seu Garcia, a gente não está negando. Sou de honrar os compromissos. Aceita uma xícara de café?

Nem aceitou.

—O que digo aos meus chefes? Quanto pode pagar? Pelo menos, a metade. O restante consigo pra mais um ano. Com juros, é claro.

O que dizer? Estava com a bolsa vazia.

—No momento, confesso, estou sem condições. Temos que rolar a dívida. Esta geada negra...

—O banco vai executar os títulos, Senhorinha. Por mim, não. Mas os chefões não perdoam.

Oh, tempos difíceis! Se, pelo menos, os pais fossem vivos. Aquele gerente não falaria tanta bobagem.

Chamou o empregado Doriva:

—Estou quebrada. Mande os colonos embora. Não há como custear as despesas. Se você quiser ir, também pode ir. O mundo desmoronou.

Doriva não disse nada. Dois dias depois, ele disse:

—Eu fico, dona Senhorinha. Não sou de abandonar o prato onde comi.

Assim, somente os dois ficaram na fazenda arruinada.

. . .

Foi exatamente no início de dezembro, às vésperas de seus noventa anos, quando se achava sentada no varandão decadente, e olhava o casario envelhecido e podre dos colonos, os currais desmantelados, que Senhorinha, naquela manhã prenunciando calor, teve a ideia de organizar a festa de Natal. Começou a lembrar-se de velhos vizinhos, amigos, parentes, e também das comemorações de Natal quando sua mãe vivia, e um rastro de saudades dopou-lhe a mente. Fazia calor logo de manhã e seu aspecto era desleixado, cabelos grisalhos mal-cuidados enrodilhados e torcidos num coque, enquanto mechas caíam-lhe de cada lado das faces enrugadas. Seus olhinhos vagos e azuis apagados brilharam alucinados. Sim, uma festa. Não sabia ao certo quantos anos faria. Tentava contar, mas se perdia. Mas não se prendeu aos anos. Entampou, assim de repente, um sorriso vivaz e começou a falar sozinha. Caminhou de um lado a outro do varandão com o auxílio de uma bengala de grevira. Teria muitas coisas para fazer. Mas, Deus, por onde começar?

—Doriva! Doriva! - se pôs a chamar o peão, já um tanto envelhecido, curtido por reumatismos crônicos.

O peão apareceu no meio do terreiro.

—O que se passa, patroa? Precisa de alguma coisa?

—Por que demorou tanto? O que estava fazendo?

—Estava na horta, aguando as plantas.

—Não tente me enganar. Você continua cada vez mais preguiçoso. Temos muitas coisas para fazer.

—Sim, patroa...

—Vamos dar uma festa no Natal. É preciso ir às compras.

O peão demorou para entender.

—Uma festa?

—Sim, uma festa. Resolvi agora. Vamos agir. Não fique como bobo no meio do terreiro.

Mas o peão não se mexia. Era mais uma história de Senhorinha... Logo ela esqueceria e tudo voltaria ao que era antes. Por isso, não se assustou, nem tomou providências. Paciência, Senhor, paciência.

Pelo meio-dia, ela voltou a falar da festa.

—Estou elaborando a lista de compras.

Doriva abanou a cabeça. Estava levando a ideia a sério. Onde arranjaria dinheiro? Viviam à míngua.

—Quando estiver pronta, você vai pegar a caminhonete e irá à cidade. Talvez, no sábado. Não, não, é melhor na segunda-feira. Sábado não é bom dia pra pechinchar e pode ser facilmente enganado pelo dono do armazém.

Mostrou-lhe uma folha amarelada onde estava anotando os itens, numa caligrafia trêmula.

—A patroa quer ajuda?

—Eu faço a lista. Você vai comprar.

Antes das compras, que seriam na segunda-feira, ela teve alguns sonhos indigestos. Estava numa cama de nogueira, gravemente enferma, tossindo, as bochechas vermelhas. Recebia a visita da Morte, uma mulher magra, puro ossos, que segurava uma foice afiada. Você está no bico do urubu, dizia-lhe. Não esqueci de você, não. Fica escondida neste fim de mundo, mas eu não esqueço de nada. Senhorinha, apavorada, esconjurava, gritando palavrões que lhe custavam a sair da boca seca e murcha. Sai, capeta! Sai, Satanás! Sai, Belzebu! A morte ria, ria, ria. Mas, antes, dizia-lhe, vou deixar você realizar a festa. Um pouco de alegria faz bem. Não gosto de levar almas amarguradas para o caldeirão. A casa, então, era surpreendida por um vendaval e tremia, sacudindo caibros, ripas, tábuas, e as gargalhadas da mulher segurando a foice explodiam como fogos de artifícios. Sua cama era arremessada pelo vento forte e, sem perceber, era depositada em cima do morro, no meio da pastaria. Acordava suada, sem fôlego, como se alguém tivesse pisado em sua garganta.

Esses sonhos tenebrosos se repetiram e Senhorinha teve, a cada momento, mais pressa em realizar a festa.

Era estranha, porém, a ideia da festa. Como as pessoas receberiam a notícia? Mesmo quando moça não participara de muitas festas. Nos últimos anos, ela não havia sido convidada para nenhuma. Ficara esquecida. Mas ela adorava festa, embora tivesse sido proibida pelo pai quando moça. Gostava de cear, gostava de ouvir música, de saber sobre as novidades da moda, de beber e apreciar comidas diferentes, ouvir fofocas, saber quem iria casar-se... Aborrecia-se muito quando não a convidavam, chorando às escondidas.

Revirou o baú e retirou de uma pasta de couro enrigecido um pacote de dinheiro que havia escondido por ocasião das dificuldades que havia tido com os bancos. Eram notas velhas, emboloradas, mas válidas. Guardara-as temendo privações no futuro, mas não precisara usá-las, de modo que poderia gastar tudo na festa de Natal, sem receios. Se não usasse, corria o risco de algum ladrão entrar no casarão e levar as pequenas economias.

—Gozar a vida em vida – repetiu.

Contratou alguns empregados como diaristas para limpar, espanar, polir, aparar o gramado. Havia cantos e armários que há anos não eram limpos. Alguns objetos ao toque de panos e vassourinhas se esfarinhavam. As tábuas estavam infestadas de carunchos; por detrás dos móveis, grossas camadas de pó pareciam compactadas, sólidas. Mas em três dias, com a supervisão infatigável de Senhorinha, que caminhava da sala de visitas à cozinha, à estrebaria, às tulhas apodrecidas de café, o casarão ganhou cheiro de limpeza e parecia, apesar de velho, brilhar ao bater do sol. Esvaziou arcas, armários, baús, prateleiras, reorganizando objetos, verdadeiras quinquilharias, que não tinham mais valor. Descobriu, no porão, garrafas de cachaça envelhecida, garrafas de vinho, ainda quando o pai era vivo. Alegrou-se com a descoberta. Poderia servir aos convidados. Ao abrir uma garrafa de vinho, descobriu que estava azedo. Ficou cismando: por que não bebera antes? Bem, vamos adiante, consolou-se, novamente se pondo em ação.

• • •

—Agora, a lista de convidados.

Doriva procurava ajudá-la. Quem ela convidaria? – perguntava-se. Há anos Senhorinha não saía de casa e muito menos recebia visitas.

De posse do livro de endereços, páginas amareladas, rasgadas e algumas corroídas por traças, Senhorinha se pôs a organizar cuidadosamente a lista. Essa gente não, essa gente sim. Esses senhores, essas senhoras. Selecionava por breves e deliciosas lembranças, de encontros e desencontros, fatos e boatos, ascensão social. Não convidaria os malditos, os pés-rapados, os pés-inchados. Divertia-se enquanto, com letra bem desenhada, como se estivesse num exercício escolar de caligrafia, ela selecionava os convidados. Ah, como seria bom rever aquela gente! Quando terminou, era madrugada, a barra da manhã clareando. Estava exausta quando endereçou os envelopes, e dormiu na poltrona mesmo, tão cansada. No mesmo dia, pretendia que o peão Doriva fosse à cidade e postasse a correspondência. Sequer passara pela cabeça que muitos nomes transcritos estavam mortos ou simplesmente já não residiam por aqueles endereços. Depois do êxodo rural, muitas casas eram ruínas, cercadas por matagal. Os campos ficaram vazios, mas ela não percebera, de forma que toda aquela gente ainda vivia como antes.

Há anos o hábito de escrever cartas caíra em desuso; as agências postais viviam de encomendas. A internet fora um duro golpe nos serviços postais e as pessoas se comunicavam on-line. Os carteiros eram figuras do passado. Jovens estavam conectados com o mundo e a aldeia global ficava cada vez menor. Mas Senhorinha não se interessava por esse novo mundo.

Nos dias seguintes, ela e o peão Doriva cuidaram dos provimentos. Foi um ir-e-vir à cidade sem tréguas, com longas listas de compras. Os habitantes estavam surpreendidos com as diligências da velha senhora, tão magra mas disposta, olhinhos faiscantes, escolhendo iguarias, discutindo preços, testando a qualidade dos ingredientes.

—Pelo jeito, haverá uma festa! - comentou o dono do armazém, tentando reatar uma conversa agradável.

Senhorinha não disse nada.

—Quero falar com seu Haroldo.

—Ele não está, senhora.

—Chame-o urgente. Diga que sou eu, Senhorinha, filha do fazendeiro Leonardo e dona Doracy.

O peão Doriva puxou-a pelo braço, respeitosamente, para dizer-lhe algo, mas não houve tempo.

—Sinto muito, senhora - o vendeiro foi dizendo, enquanto a olhava estranhamente. - Não há como chamá-lo. Está morto há anos. Comprei o armazém dos filhos dele, que não queriam tocar o negócio.

Senhorinha estava perplexa.

—Morto? Por que ninguém me avisou?

—Bem, não sei o que dizer... Sou o dono hoje. Vamos continuar o pedido? O que a senhora deseja?

Doriva teve que continuar a compra. Senhorinha sentia os membros entorpecidos e a cabeça rodando. Que mundo era aquele? As pessoas morriam e nem se davam ao trabalho de anunciar o velório.

Assim aconteceu no açougue, na quitanda, na costureira. Todos tinham partido sem aviso. Ela teve que concluir as compras com pessoas estranhas.

Mas a notícia de que ela daria uma festa no Natal correu entre os habitantes. Quem a conhecia, queixava-se de não ter recebido nenhum convite. Pelo visto, segundo os boatos, seria uma festa de arromba. Então, diziam, a velha mão-de-vaca resolvera abrir a mão.

—Espero que não me esqueça de convidar. Nunca pus os pés naquela casa. Que tesouro ela esconde dentro daquelas paredes?

Quem não a conhecia, esperava o convite para conhecê-la. Assim, ela se transformou na notícia quente.

• • •

Três dias antes do Natal, Senhorinha concentrou-se na sua aparência. Que vestido usaria? Que joias? Abriu o guarda-roupa e lá encontrou vestidos feitos há sessenta anos, embolorados e muitos roídos por traças. Inspecionou um por um. Nada agradou. Mas não tinha tempo para ir atrás de costureiras. Optou por um vestido escarlate, com ramos de rosas. Escovou sapatos de cetim cinza. Joias? De uma gaveta emperrada, retirou anéis, correntes e medalhões dourados, broches de pérolas, brincos e colares prateados. Muitos eram autênticos e outros eram falsos, comprados de um conhecido mascate que circulou pela gleba e depois, inesperadamente, nunca mais apareceu.

Surgiu-lhe uma ideia. Tinha que ter Papai Noel na festa, como era costume. Uma festa de Natal sem o velho bondoso distribuindo doces não era festa. Mas, quem? Ora, quem? O velho peão Doriva. Por que não havia pensado nele antes? Chamou-o no meio da noite. Insone, o peão não entendia o que ela dizia.

—Você será o Papai Noel. Não adianta recusar.

—Ahan... ahannn... O que está dizendo?

—Acho que tenho a roupa que meu pai, certa vez, usou - pulou da cadeira, elétrica e começou a vistoriar baús e guarda-roupas, até que voltou, sorridente, triunfante, balançando a roupa vermelha diante do nariz do peão. - Eu não disse! Aqui está. Amanhã, lavarei.

Doriva não teve tempo de negar. Estava assustado.

Senhorinha contratara três cozinheiras. Elas trabalhavam intensamente, fiscalizadas por ela, não permitindo conversas impróprias ou desperdícios. Isto as deixava irritadas, mas precisavam do dinheiro e assim mastigavam impropérios, desaforos.

—Deixe estar, velha bruxa! A gente se encontra depois da festa e há de ver com quantos paus se faz uma canoa!

...

O casal olhava a tarde morna e os transeuntes apressados sobraçando pacotes de presentes, enquanto um Papai Noel desfilava em cima de uma caminhonete, distribuindo sorrisos e balas.

—Estou pronto pra te dar até a lua de bandeja - comentou a mulher que devia ter um pouco mais de trinta anos e usava minissaia, com boas coxas à mostra, e vestia uma blusa de malha que deixava os seios salientes atiçando o apetite dos homens.

—Oh, querida - disse o homem de pescoço e braços fortes tatuados com cobras e dragões cuspindo fogo. - Estou tão carente. Contava os dias para sair daquele inferno. Sonhava com o indulto de Natal...

Ambos ficaram olhando-se fixamente. Tinham saído do presídio estadual no dia anterior e ainda estavam se acostumando com a liberdade temporária. Quinze dias livres! Queriam sugar até o caldo.

—O que vai comer? - perguntou a mulher, ajeitando-se na cadeira de plástico do bar.

—Dois pães e um ovo, ou dois. E você?

—Sei lá. Talvez, pão com linguiça. Quero beber. Estou zonza com esta claridade.

O dono do bar trouxe um pão grande com dois ovos mexidos e uma cerveja. Enquanto ele comia, ela ficou falando de sua filha mais velha, que se engravidara, nem sabia com quem.

—O fruto não cai longe da árvore - disse o homem, cuspindo pedacinhos de pão e ovo sobre a mesa.

—Ah, o roto falando do vagabundo. O que você vai fazer com tua mulher, que dá o rabo pra todo mundo?

Ambos se calaram. Não deviam gastar o tempo livre com bobagens. Bebiam a cerveja, olhavam a rua, e a cidade parecia envelhecida, embora as ruas estivessem enfeitadas para o Natal.

—Temos que fazer alguma coisa. Essa mesmice me mata - confessou o homem como se rompesse o cérebro.

Foi, então, que ouviram falar da estranha velhota que daria uma festa de Natal.

—Vai ser uma festa de arromba - dizia o botequeiro aos fregueses. - Aquela mulher tem muito dinheiro escondido, joias, relíquias. Quase não aparece na cidade. Por esses dias, está gastando pra valer.

O casal se entreolhou.

—Está pensando o que estou? – disse a mulher, inquieta.

—Pode ser a mina de ouro.

Beberam pensativamente a cerveja.

—Uma oportunidade. A gente rouba a velhota e todos os convidados.

—Antes, querida, temos que conseguir uma caminhonete.

—Isto é canja. Tem aos montes por aí.

Passaram a tarde bebendo, entusiasmados. A cidade parecia-lhes promissora.

• • •

Na véspera de Natal, Senhorinha acordou cedinho. Mas demorou a sair da cama. Ficou se remexendo, pensativa, lembrando-se de todos os detalhes da festa. Sentia-se, porém, febril e nervosa.

A festa seria no velho depósito de cereais e mesas e cadeiras já haviam sido colocadas no lugar. A entrada estava iluminada com estrelas de Davi, pinheiros verdes colhidos na fazenda. Sobre as mesas, a prataria e candelabros. As cozinheiras serviriam os convidados, evitando despesas desnecessárias.

O peão Doriva sentara-se no portão do velho armazém, vestido de bom velhinho, incomodado, suando. Maldizia, entredentes: maldita patroa! Não tinha jeito para encenar o papel. Mas, como bom escudeiro, ali estava.

Senhorinha, no vestido escarlate com ramos de rosas, sentara-se no centro da mesa central e esperava pelos convidados. Com brincos, anéis e braceletes, correntes, parecia uma rainha do tempo de Dom João. Tingira os lábios de batom púrpura, empoara o rosto de pó-de-arroz; mesmo assim, as rugas saltadas feito pés de galinha sobressaltavam-se. Perguntara, angustiada, ao peão:

—Estou bonita?

—Sim, patroa.

Havia marcado o início da festa para as oito horas. Esperava, ansiosa, pelos primeiros. De onde estava, vigiava a entrada da fazenda, para ver os faróis dos automóveis e caminhonetes. Mas nada disso acontecia. Só o breu da noite, as estrelas na imensidão.

Uma coruja piou distante, perto do córrego. Um canto triste, quase desolador, cortante.

—Que horas são, Doriva?

—Ah, patroa, deve passar das oito - respondeu, incomodado, enfiado naquela vestimenta vermelha, feita para o Polo Norte, e não para os Trópicos.

—Povinho sem disciplina - queixou-se, sentando-se no topo da escada. - Nunca chega no horário.

Bateram dez horas. Ninguém aparecia. Estava com fome. Mas seria indelicado comer antes dos convidados. Contentou-se em beber um copo de água.

Bateu meia-noite. Senhorinha, impaciente, um pouco trêmula, levantou-se do topo da escada, deu voltas ao redor da grande mesa. Que se danasse aquela gente injusta e mal-agradecida.

—Eu vou comer, estou meio tonta.

Ordenou que as cozinheiras a servissem.

—Coloque o disco na vitrola, Doriva. Quero ouvir canções de Natal. Pelo menos, não morrerei de tédio.

Doriva foi à vitrola e colocou o disco de vinil. Canções doces natalinas flutuaram pelo barracão.

—Sente-se, Doriva - ordenou

O peão sentou-se. Estava faminto. Não havia comido nada o dia inteiro. Serviram-se de vinho e comeram os guisados.

—Não entendo, Doriva, algo aconteceu. Será que essa gente se esqueceu da festa? Que ingratidão!

Parecia deliciar-se com a comida.

—Azar dessa gente. Fiz a minha parte. Não sabe o que está perdendo. Este pato recheado está uma delícia. Quem preparou, Doriva?

—Ah, patroa, foram as cozinheiras.

—Que cozinheiras?

—As que a patroa contratou. Não se lembra?

Senhorinha olhava vagamente, sem entender.

—Sempre acontece esta festa, Doriva? Todo ano?

—Ah, patroa, faz tempo que não acontecia... Está muito animada, não está? Precisamos repetir todo ano, não acha?

—Me diga, Doriva, nos outros anos havia mais gente do que hoje?

O peão, enfiado na roupa de Papai Noel, não sabia o que dizer.

—Cadê o meu presente? Não vá dizer que esqueceu do meu presente. Espero que seja algo útil.

Ele foi, constrangido, ao final da mesa e, silenciosamente, embrulhou um garfo e uma colher num papel grosseiro, e entregou-os.

—Aqui está o presente, patroa. Espero que goste.

Senhorinha desembrulhou e uma alegria inundou-lhe o espírito. Os olhinhos cintilavam como as estrelas míudinhas no céu. Erguera-se para fazer um brinde, quando se ouviu o ronco de motor cruzando a entrada da fazenda e logo a seguir parando no pátio.

—Estão chegando os convidados! Se comporte, Doriva. Não podemos fazer feio. Estão atrasados.

Apoiada na bengala, se pôs de pé. Respirava com esforço. Quem seria? Por que havia demorado tanto?

Um homem desconhecido, acompanhado de uma mulher, estavam diante dela, e não eram nada amistosos.

—Entrem, sentem, sejam bem-vindos! - foi dizendo, esforçando-se para reconhecê-los.

Surpresos, os desconhecidos sentaram-se.

—Doriva, peça para servir o jantar - ordenou, assumindo o posto de patroa.

Servida a ceia, regada a vinho, os desconhecidos limparam a boca com os dorsos das mãos, grosseiramente.

—Boa patroa, nossos agradecimentos pela ceia, mas viemos até aqui para buscar as joias e o dinheiro guardado no baú - disse o homem, olhando-a ferozmente, apontando o revólver. - Vitória, vá até o carro e traga as cordas. Fiquem quietos. Isto não é uma brincadeira. Se cooperarem, sairão ilesos.

Senhorinha e Doriva foram amarrados e as cozinheiras trancadas na cozinha.

—Agora, vamos ao que interessa: as joias! O baú!

Arrancaram-lhe os brincos, a corrente, os braceletes, os anéis. Depois, reviraram a casa. Estavam exaustos, decepcionados. Nada de valor haviam encontrado. Tudo não passava de quinquilharias.

Voltaram ao barracão e beberam três garrafas antigas de vinho. Bebiam sem apreciar, como se sorvessem cachaça.

—Minha senhora, nunca tivemos um Natal tão farturoso como este. Estamos tristes por não ter achado o baú cheio de moedas de ouro, mas felizes por cear fartamente. De onde viemos, somos pisados, maltratados, chutados como cão. Aqui, fomos recebidos como reis.

Senhorinha e Doriva estavam atônitos, mudos.

—Fiquem quietinhos que nada acontecerá.

Afastaram-se, montaram na caminhonete, e sumiram na estrada deserta.

Doriva conseguiu ir até a porta da cozinha e, com os pés, rebentou a porta, e as cozinheiras soltaram-lhe a corda. Em seguida, desamarrou a patroa. O vestido escarlate com ramos de rosa estava sujo e os olhinhos dela estavam vagando no vazio. Estendendo as mãos para Doriva, soletrou com dificuldade:

—O que está acontecendo? Por que os convidados já foram embora? Nem esperaram a sobremesa...

Foi transportada para o casarão e a colocaram no sofá. Tudo estava revirado. No meio da vasta sala, as cartas que ela havia endereçado e selado para postar no correio. Simplesmente, ela esquecera de enviá-las.

Não se levantou mais. Morreu no último dia do ano.

Hans e Teresa

Diz o anônimo: o casamento é o preço que os homens pagam pelo sexo; o sexo, entretanto, é o preço que as mulheres pagam pelo casamento. Alguns afirmam: em todo casal há pelo menos um tolo.

Agostinho estava indeciso. Hans, um de seus melhores amigos, convidara-o para o quinto aniversário de casamento. Pedira para chegar mais cedo. Antes de outros convidados.

"Mas estou ocupadíssimo neste dia. Só posso estar depois das dez."

Aconteceria na sexta-feira. Na empresa, todos os fins de semana era um tumulto. Ele chefiava o departamento de vendas. Hans, o dono. Recebera o império do pai, que morrera há dois anos. Agostinho sempre colocara o trabalho em primeiro lugar. Por isso, em menos de sete anos, subira função por função, por mérito.

"Ora, me faça o favor! Sou o dono. Aqui, mando eu. Na próxima sexta, quero você lá em casa por volta das dezoito horas."

"Se é uma ordem, farei o possível" - disse, surpreso.

O pai de Hans nunca falara assim, tom alto, determinante. O velho respeitava cada funcionário como filho. Sem jeito, perguntou:

"Qual é o traje? Camiseta e bermuda? Não estou acostumado a ir a festas."

"A melhor roupa."

A conversa parou por aí. Isso se passou na segunda-feira, final de tarde. O resto da semana correu normal. Hans pouco parou na firma. As vendas estavam atiçadas, o departamento num pandemônio. Clientes visitando, os telefones enlouquecidos, clientes pressionando preços, descontos, entregas pontuais, vendedores cobrando a entrega de seus pedidos, de olho nas comissões polpudas. O pobre do Agostinho correndo de um lado para outro, feito cego em meio de tiroteio. De repente, já era sexta-feira. Por pouco não se esquecera do compromisso.

"Outra pessoa poderia ir no meu lugar. Até o pescoço de serviços. Essa porra de computador que não funciona!"

Mas não havia jeito.

"Pessoal, estou me mandando. Por hoje, chega. Bom final de semana. Preparem-se: na próxima, vamos estourar a boca do balão."

Todos ficaram assustados. Que bicho mordera o chefe? Sempre o último a sair. Nem eram quatro horas. Deixou a mesa limpa. Todos o olharam desconfiados.

Que presente levaria ao casal? Nenhuma ideia. Morava sozinho. Divorciara há tempo. Olhava o casamento com reservas. Um gato escaldado. Sua ex-mulher, quando nova, era verdadeira pombinha. Depois, se transformara numa gralha. Quando Agostinho chegava em casa, corria pelas paredes dando-lhe sermões. Vivera três anos como se estivesse no inferno. Separou-se e não quis saber de outra mulher convivendo no mesmo teto. Quando indagado sobre casamento, tornava-se irônico, cáustico:

"O melhor do casamento são as brigas. O resto é um tédio mortal. Acho que os homens se casam pelo cansaço. E as mulheres por curiosidade. No final, acreditem, ambos se decepcionam."

Suas ideias irritavam os românticos apaixonados. Mas ele pouco se dava. Concordava com o filósofo Montaigne: "Dá-se com eles o que se dá com as gaiolas: os pássaros que estão fora querem entrar nelas desesperadamente; e os que estão dentro mostram a mesma ânsia de sair" Ele, entretanto, estava fora e não pretendia entrar novamente.

Naquela sexta-feira, colocou a melhor roupa. Também o melhor perfume. A caminho do aniversário de casamento de Hans, não sabia que presente levar.

"Flores! Ouvi dizer que as flores nunca estão fora de moda, seja em Paris ou Nova Iorque. Por que não pensei nisto antes? Tão fácil. Ninguém as rejeita."

Com um lindo buquê de flores perfumadas, chegou à casa de Hans exatamente às dezoito horas. Um empregado, de uniforme branco e gravatinha borboleta, o colocou numa sala ricamente decorada. Meia hora esperando, acomodado numa poltrona, mirando os quadros pendurados.

Lembrou-se dos tempos em que o pai de Hans administrava a firma. Por mais dinheiro que tivesse, o velho Jacobs era pessoa simples, humilde, desprovido de vaidade. Muitos o confundiam com um operário. Pau para toda obra, nunca rejeitava o trabalho. Dizia sempre: "O trabalho nos afasta os três males deste século: o tédio, o vício e a pobreza". Sábias palavras, pensava.

Estava afundado nestes pensamentos quando a porta se abriu e Hans entrou.

"Obrigado pela pontualidade. Venha, vamos bebericar um escocês. Trouxe na última viagem."

Arrastou Agostinho a outra sala da mansão, onde havia um bar de mogno. Em seguida, serviu-o:

"Quantas pedras de gelo?"

"Três."

Agostinho blindou:

"À felicidade de Hans e sua esposa, esse magnífico casal."

Hans dirigiu-se ao aparelho de som.

"O que prefere ouvir? Mozart ou Rossini? Wagner ou Weber? Ou prefere Villa-Lobos?"

"Siga o teu gosto. Ou melhor: opte pelo caminho do coração."

"Prefiro Mozart. A Teresa prefere Wagner. Acho que é só pra contrariar..."

"Então coloque Wagner. Afinal, sempre devemos fazer o gosto de nossas mulheres."

"Que seja!" – concordou Hans.

Em seguida, ouviu-se a voz de Teresa chamando por Hans. Agostinho ficou sozinho, bebericando e ouvindo Richard Wagner. Havia uma paz durável no recinto. Uísque delicioso. Ouviu, sons abafados, breve discussão entre Hans e Teresa:

"Mas você não sabe escolher vestido algum" – a voz de Teresa aflita. "Por que insiste escolher o que vou vestir? Teu gosto não tem tempero. É morno."

“Sou teu marido. Tenho o direito de opinar sobre seus vestidos. Você não é mais mocinha.”

“Você é meu marido. Não é meu dono. Posso usar o que desejo.”

“Coloque outro vestido. Menos escandaloso.”

“Você faz isto só pra espiar meu corpo.”

“Bem, é um direito meu.”

“Me diga, então, como fico neste modelo?”

“Não me agrada. É pouco sensual. Vista aquele outro.”

“Hans, você me deixa nervosa. Vire-se. Não quero que me espie.”

Uns longos minutos se passaram. Agostinho sentia-se atraído por aquele diálogo sensual abafado. Sensual e ríspido.

“O que acha desse? É o que usei em Londres. Lembra-se?”

“Não acho nenhuma graça. Experimente outro.”

“Por Deus! Não visto mais nenhum. Estou cheia! Por que não chama o teu amiguinho para escolher?”

“Boa ideia. Vou chamá-lo.”

“Hans, não faça isso. Não sou mercadoria.”

“Mas você gosta dele. Eu sei. Por duas vezes, eu vi você com os olhos grudados nele. Confessa: tem paixão por ele.”

“Hans! Não estrague a festa de aniversário de nosso casamento!”

“Coloque este vestido. Esse mesmo. O que usou em Londres. Está ótimo. Venha cá. Me deixe dar um beijo em teus seios.”

“Agora, não. Estou atrasada”

Hans retornou à sala. Agostinho estava afogueado. Segurava o copo vazio nas mãos.

“A Teresa nunca sabe o que vestir” - comentou Hans, servindo-se novamente de uísque.

2

Agostinho sentiu-se perdido no meio de tantos convidados. Mundaréu de gente rica e esnobe, inclusive um pintor que se achava um novo Picasso. Uma poetisa melosa, pesando mais de cento e vinte quilos, recitava abobrinhas. Junto com Teresa e Hans, obrigou-se a cumprimentar gente de toda espécie. Entre sorrisos e boas-vindas, lembrava-se das palavras de um professor de marketing: “O relacionamento não é uma espécie de capim que cresce por si só, mas um jardim que precisa ser constantemente cultivado. Quando se esquece dele, as plantas murcham. Não há milagres ou a questão sorte: se você não cultiva o relacionamento como moeda da prosperidade, não haverá negócio algum no futuro”. Ali estava ele cultivando a planta, sorrindo, elogiando, agradecendo. Hans e Teresa também. No primeiro descuido do casal, Agostinho esgueirou-se e fugiu do tumulto.

A bela casa de Hans situava-se numa chácara. À beira da serra, onde dois riachos de águas cristalinas e frias desciam borbulhando uma canção suave. Na verdade, uma mansão. Herança, ruminou. O velho comeu pedras salubres. O filho desfrutava. Bem, ninguém escolhe o berço. Por que estava circulando no jardim às margens dos riachos? Sentia-se peixe fora d’água? Estava cansado de ouvir conversas. Entre os convidados, poucos conhecidos. Pretendia, tão logo pudesse, recolher-se da vida social. Contentava-se com o trabalho exaustivo. Sempre a mesma coisa: a corrida louca pelo dinheiro. Os sustentáculos frágeis da sociedade: dinheiro e ambição. Por que viera à festa? Intimado por Hans, não havia como negar. Homens e mulheres iam e vinham, um festival de conversas e aparências supérfluas. Preferia um barzinho, bebericando silenciosamente.

Dali, no jardim, ouviu o pastor Thomas orar e abençoar o casal. Família, o esteio da vida. Família, o altar de Deus. Ouviu discursos de amigos. Amizade, mel no coração. Sim, sim, sim – confirmava, desiludido. Brindes, vivas, o vozerio ia aumentando.

"Interessante", murmurou. "O álcool é estimulante ou depressivo?" Começo de festa, as pessoas falam baixinho, como num bar, no começo da noite. Depois de algumas horas, todos falando alto, gargalhando. "Estimulante, não há dúvida." E depois? "Preciso de mais algumas doses de uísque." Tinha que entrar no clima. Estava ali para festar. O que aconteceria no final da noite? Quem se importava com isso? No final, quando vemos alguns caírem na calçada, podemos jurar que o álcool é depressivo. Mas quem se importa com a dor de cabeça no dia seguinte? Precisava de mais umas doses. Numa festa não se deve preocupar com final dela. Todos sabem que os efeitos de longo prazo são exatamente opostos aos efeitos de curto prazo. Dançava em sua cabeça a bela Teresa com seu diálogo abafado logo que chegara. Entrou. Pegou avidamente um copo de uísque da bandeja do garçom. Circulou entre os convivas, sempre bebericando, rodopiando as pedras de gelo com os dedos. Já se sentia eufórico.

Um quarteto de vozes magníficas, só mulheres, acompanhado de violão e chocalho, afinados, encantou o ambiente, calando o vozerio desencontrado.

"Música – um barulho que pensa, que reordena o caos, que faz o espírito dançar sobre nuvens." Depois, acrescentou: "Assim como estou agora. Reorganizando o caos".

Voltou a sair no jardim. Uma lua bonita, amarelada, subia sobre o arvoredo, brilhando sobre a água cristalina dos riachos. Saiu passeando a esmo. Segurava o copo de uísque como troféu. Grilos e sapos compunham a orquestra da natureza. Mas os mosquitos incomodavam. Sinais de chuva? Lua amarelada, mosquitos, calor. Sim, podia chover. Lembrou-se de seu pai, já falecido. Conhecia o tempo como a palma da mão. Sol rebentando mamona, o velho dizia: "Tire a roupa do varal. Vai cair um pé-d'água". E caía mesmo. Ou, então, tempo invernado: "O sol vem por aí". E vinha mesmo. Ninguém duvidava. Tinha peso suas palavras. No primeiro dia do ano, pessoas se amontoavam em sua casa: "Aí, seu Antônio, o ano vai ser rico? Ou a seca fará da terra um sal?" respondia: "Quem sabe é Deus. Sou pobre e ignorante". Depois de acender o palheiro, acrescentava: "Chuva só pro gasto, na época certinha. Se bobear, a gente perde o plantio". doces lembranças. Por que se lembrava disso? Não tinha nenhuma ligação com a terra, nem com a sua família. Mirou mais uma vez a lua enfumaçada. Procurou as palavras do pai no rio da memória.

"No meio da noite, cai a tempestade."

Bebericou o uísque, que já estava quente.

Planava ou caía num fosso? Estava feito um peru bêbado? Ah, não: ainda teria que tomar muitas doses para tal. Lembrou-se do diálogo abafado entre Teresa e Hans. Por que discutiam por nada? Hans tinha ciúmes dela? Por que razão tinha ciúmes? Teresa cultivava a luxúria? Orgulhava-se do corpo esguio, com certeza. Raríssimas vezes Agostinho a encontrara. Sempre acompanhava do marido. Uma bela mulher. Fina flor da sociedade local. Onde Hans a encontrara? Deus, estou caindo num fosso. Ouvira demais. Suas percepções estavam reduzidas. O uísque fizera efeito rápido. Bêbados sempre imaginavam coisas. Mas o diabo o cutucava: "Uma linda mulher. Um pedação. Você está com sorte". Reagiu firme a essa cobiça. "Nem pensar. Estou no olho da rua. Hans é o patrão. Adeus, emprego." Observou, entretanto, que somente ele fora convidado. Ninguém mais.

"Estou no olho da rua!"

3

Linda mulher. Ninfa? Agostinho revia Teresa saindo dos aposentos, momentos antes da festa. Deusa. O perfume se espalhando na sala. Ele e Hans, sentados, ouvindo Mozart.

"Como estou?"

Agostinho se levantou.

"Prefiro outro vestido, aquele que usou na Grécia", disse Hans estirado na poltrona. "O que você acha, Agostinho?"

"Pouco sei sobre moda."

"Como estou?" – voltou a repetir Teresa, nervosa, implorando a Agostinho alguma apreciação, sedenta de elogios.

"Ah, belíssima!"

"Está vendo, Hans? Está vendo! Nem todo mundo tem gosto de cabo de guarda-chuva. Você vive me chateando. Coloque este vestido, esse não, prefiro o outro, me deixando quase louca."

"Eu tenho minha opinião."

Um breve silêncio caiu sobre todos.

"Essa música parece de enterro. Por favor, Hans, hoje, prefiro música alegre. E você, Agostinho, o que prefere?

"Mas é Mozart! Que tolice é essa, amor? Mozart é o melhor. Vem você dizendo que é música de enterro."

"Esqueça. Estou enjoada dessa mesmice. Olha, as visitas estão chegando. Vamos recebê-las. Deixa Mozart pra lá."

4

Entre o burburinho, no salão de festas, Agostinho deparou-se com uma situação insólita: uma breve discussão filosófica especulativa, motivada mais pelo excelente uísque do que pelo prazer da ideia. Doutor Rubião, professor de filosofia e pretenso filósofo, dizia:

"A metafísica é vazia. Por si mesma, carece de significados. O que expressamos diz apenas como as coisas são, não como elas devem ser. Não há nenhum poder sobre o futuro. Nega-se qualquer conhecimento sobre o futuro. Tudo é acidental e também circunstancial."

"Mas que tolice! Nunca vi tanta bobagem numa filosofia só. Se tudo é acidental ou circunstancial, como você diz, de nada adianta ao homem planejar o seu futuro. Um absurdo.pois acho que a única coisa que temos é a capacidade de interferir sobre o nosso próprio amanhã. O homem não é um joguete das forças que o assolam."

"Bem, o mundo, caro amigo Alvarenga, é tudo que nele ocorre. O homem não tem nenhuma forma, muito menos força, para interferir no que ocorre. Alguém já tentou desviar o trajeto de um furacão?"

"Mas podemos interferir sobre o meio, sobre situações, sobre o amanhã. É por isso que somos superiores no reino das espécies."

Doutor Rubião bebericou um longo trago. Hans interferiu:

"Gosto do lato prático. Nada de chupar nuvens. Por exemplo, na empresa, como posso administrá-la sem planejar o futuro? Sou capaz de interferir no mercado?"

"O papel do empresário é focalizar as oportunidades e jamais planejar o futuro. Todos os governos que interferiram no mercado deram com a cara no chão. O caso dos comunistas..."

"Quer dizer, então, que caminhamos às cegas, sem saber o que vem pela frente?"

"Mais ou menos. Que o sol se levante amanhã, diz Wittgenstein, é uma hipótese, e isso quer dizer: não sabemos se realmente se levantará. Tenho vontade que algo se realize. Mas entre a vontade e a sua realização há uma distância. A realização de qualquer coisa, na verdade, é acidental. Por que não dizer: circunstancial?"

"O homem, como você diz, não pode fazer nada acontecer?"

O professor Alvarenga estava possesso, as bochechas vermelhas.

"Outra besteira. Isso não passa de besteirol. Minha vontade determina minhas ações. Nada ocorre por acidente. Onde há vontade, há um meio."

"Meu caro amigo, o ato de vontade e de realização daquilo que é desejado são duas ocorrências inteiramente diferentes. E sua relação é meramente acidental."

"Absurdo! O homem é dono de seu nariz."

"Assim fosse. As leis da Física são determinantes e o homem é apenas um ser impotente."

"Essa filosofia está embolorada. Hoje, com a tecnologia, podemos antecipar os acontecimentos, prevê-los, contorná-los."

"Mas não podemos evitá-los. Porque o que ocorre no mundo é acidental."

"No campo, por exemplo, o agricultor tem inúmeras informações sobre o tempo e, dessa maneira, ele se antecipa aos acontecimentos."

"Em parte, conforme o andar da carruagem, podemos prever, porém não podemos viver antecipadamente. Sabemos que o furacão está a caminho, mas não sabemos o que nos acontecerá quando ele chegar, porque o que acontece ao mundo não está subjugado a nós. Não podemos subjugar os acontecimentos à nossa vontade. Somos completamente impotentes. Se, neste momento, estivéssemos no meio de um furacão, quais seriam nossas ações?"

"Logo o homem não pode fazer nada acontecer" – interferiu novamente Hans, preocupado, bebericando uísque. "Agostinho, sente-se aqui, quem sabe consegue entender as loucuras de Rubião."

"Pobre de mim! Pouco sei sobre o telhado de minha casa."

"Mas, então..."

Teresa veio ao encontro de Hans.

"O que estão discutindo? Futebol, com certeza", e roçou as pernas quentes e roliças no joelho de Agostinho, enquanto beijava o rosto do marido.

Agostinho sentiu o leve prazer tomar-lhe o corpo.

"Errou. Estamos falando sobre filosofia."

"Que loucura! Nós, mulheres, preferimos falar sobre o amor" – e olhou misteriosamente na direção de Agostinho, que sentiu arrepios percorrer-lhe o corpo.

Professor Alvarenga aproveitou a oportunidade:

"Doutor Rubião acha, minha bela senhora, que o amor é circunstancial ou, como se diz mesmo, acidental."

"Ainda não meditei sobre esta questão."

"Por que não? Um assunto empolgante" – comentou Teresa.

"Realmente. O amor é intencional ou acidental? Entre o amor que sentimos por alguém e a posse sexual nada pode ser planejado. Encontros e desencontros são ocorrências fora de nosso controle. O amor, como essência, é o resultado de encontros e desencontros entre duas pessoas."

Hans saltou como mola.

"É demais! Eu não posso fazer nada acontecer. Nem mesmo um movimento de meu corpo!"

"Certíssimo!" – bradou Doutor Rubião.

"É uma ideia maluca" – não se conformou professor Alvarenga. "Ela contraria a capacidade do ser humano de escolher..."

"Acreditem: ninguém pode subjugar os acontecimentos do mundo à sua vontade. Somos completamente impotentes."

"Discordo!" – vociferou professor Alvarenga, nervoso, fungando.

"É uma hipótese. Acalme-se, professor" – Hans quis colocar panos molhados na discussão.

Mas professor Alvarenga estava alterado.

"O homem é dono de seu nariz, de suas vontades, de seus horizontes. Na tua concepção, somos um grãozinho de areia que paira por todos os lados e é sacudido por diversas forças que estão acima de nossas capacidades."

"Perfeitamente. Segundo Wittgenstein, no mundo, tudo é como é e acontece como acontece: nele não há valor, e se houvesse, o valor não teria valor."

Conversa enfadonha. Teresa, antes de se retirar, disse:

"Ideia um pouco interessante, mas maluca. Ninguém pode subjugar os acontecimentos do mundo à sua vontade. Só podemos reagir diante deles."

"Mas é loucura" – combateu Hans.

Teresa já tinha se afastado.

"Ainda bem que tudo isso não passa de problemas filosóficos" – comentou Hans para Agostinho, levantando-se, à procura de outros convidados menos problemáticos.

Categórico, Doutor Rubião arrematou:

"Não existem problemas filosóficos. Só perplexidades."

5

Relâmpagos, trovões, vento forte e muita água. Calor abafadiço, opressivo, insuportável. O barulho do vento e da chuva fustigante cobria o vozerio.

"Quando o temporal acabar, saio rapidinho. Estou liquidado", pensava Agostinho. Aquela conversa insípida sobre filosofia o deixara entediado. Passava da meia-noite. O pancadaço de água e vento não dava tréguas. O céu cobrira-se de nuvens pesadas e elas estavam pairadas sobre as cabeças como montanhas.

"A velha mãe-natureza ergue suas patas e uiva sua fúria colossal", comentou doutor Rubião, disposto a recomeçar o debate filosófico.

"Parece o dilúvio. O vento está enraivecido. Vai haver enchente. O mundo parece vir abaixo", disse Hans, a voz abafada, tentando fechar uma janela que emperrara.

Doutor Rubião, provocativo, voltou à carga:

"O inferno todo se arrebenta em torno de nós. Pois me diga, nobre professor Alvarenga: se você estivesse neste momento numa escuma em alto mar, no meio da fúria da natureza, teria condições de prever alguma coisa? Planejaria os acontecimentos futuros?"

A voz estava pastosa. Não obteve resposta.

"No meio de uma tempestade, a única condição é esperar por tudo."

Agostinho ouviu Tereza chamar Hans. Em seguida, Hans desapareceu no interior da casa à procura de alguma coisa.

"Venha cá, Agostinho", chamou Teresa, quase inaudível. "Por que está tão quieto? Essa conversa não leva a lugar algum."

"O temporal me deixa nervoso. Desde criança, quando minha mãe rezava ao redor do fogão a lenha e jogava palma benta no fogo."

"Relaxe. Acho que você está procurando uma porta para dar o fora."

"Tem razão. É tarde. O uísque já fez o efeito. Me sinto zonzo."

"Não vá. Preciso trocar ideias com você."

Segurou as mãos de Agostinho, piscou os olhos. Um arrepio prazeroso subiu novamente pelo corpo. O que aquela mulher estava tramando?

"Aí vem Hans", balbuciou, retirando as mãos.

"Está bêbado! Veja como balança o corpo. Escute, eu vou lá dentro, depois você me segue. Eu te espero. Seja rápido. Certo?"

Começou a cair granizo. O barulho no telhado aumentou. Alguém disse que as pedras eram do tamanho de um ovo de galinha. Todos falavam ao mesmo tempo. Estavam preocupados, embora bêbados.

"Meu carro novo! Lá se vai a pintura..."

Logo que Teresa desapareceu no interior da casa, Agostinho, completamente incauto, seguiu atrás. Assim que entrou num cômodo, tropeçando num tapete, ouviu Teresa:

"Por aqui. Rápido. Por aqui!"

Entrou esbaforido e trêmulo num dos quartos. Foi agarrado por Teresa.

"Me beije. Me beije! Estou tão carente!"

“Mas... se o Hans?”

“Não se preocupe. Ele não virá. Nunca deixamos os convidados sozinhos. Agora, me beije, eu te quero tanto.”

Agostinho sentiu-se devorado por beijos famintos e prolongados.

“Fique comigo esta noite. Eu falo com Hans que você, por causa do temporal, não poderá ir embora. Ele entenderá. Assim, logo que ele dormir, eu te procuro.”

“Você está louca! Se ele descobre...”

“Jamais descobrirá. Está bêbado como um gambá.”

“É muito arriscado. Posso perder o emprego.”

“Se não aceitar, eu digo ao Hans para colocá-lo na rua.”

“Não tenho escolha.”

“Não.”

“Estou enjaulado.”

“Me beije mais. Mais! Pegue nos meus seios. Você gosta de meus seios? Ai, você me deixa louquinha.”

Agostinho estava perplexo.

6

Cena deplorável. Professor Alvarenga, bêbado e possesso, enquanto a chuva de granizo caía forte, jogara o copo de uísque no peito de doutor Rubião, molhando e manchando a camisa e o terno impecáveis. No chão, os estilhaços de vidro. Surpreso, Rubião tentava se enxugar. Mas o uísque fora absorvido rapidamente pelo tecido.

“Seu crápula mesquinho!” – dizia Alvarenga, visivelmente transtornado, olhos vermelhos.

“Mas o que é isso? Que mal te fiz?”

"Com sua filosofia barata, você quer nos reduzir a um simples grãozinho de areia. Pois isso é burrice. Eu não aceito! Você não passa de um filósofo de meia tigela. Dou bananas pra essa filosofia mixuruca. Dou bananas!"

"Meu caro senhor, poupe as tuas bananas! Apenas está confirmando que você não passa de um verme..."

"Eu te ensino a não vomitar besteiras. Se for homem, venha, que te parto de pau."

"Eu tenho o maior respeito aos vermes. Portanto, estou fora."

"É um covarde!"

"Que é isso, senhores?! – interferiu Hans, também bêbado, as palavras pastosas.

"Esse panaca aí com sua filosofia inútil" – vociferou Alvarenga. "Mas comigo é diferente. Ninguém me coloca goela abaixo um balde de inutilidades."

"Veja só, pessoal, nada de fato pode ser planejado. Até alguns minutos atrás, este distinto senhor era gentil, cordial, educadíssimo. De repente, em poucos segundos, tornou-se selvagem."

"Discurso infame!"

"O que aconteceu?" – Teresa estava assustada.

"Um breve desentendimento" – confessou Agostinho. "Parece que o uísque fermentou as ideias."

"Por favor, senhores, comportem-se. São meus convidados" – interpelou Hans, aflito, balançando as mãos no ar.

Doutor Rubião não se intimidou.

"Estou certíssimo. Ninguém pode subjugar os acontecimentos no mundo. Eles acontecem à nossa revelia. Estou vivendo mais uma perplexidade diante da vida. sabemos tudo, ou quase nada, sobre o passado. Poucos sabemos sobre o presente. Nada sabemos sobre o futuro. Reagimos aos acontecimentos de acordo com o fermento que temos nesta carcaça. Nada mais. Bastaram algumas doses de álcool e eis aqui uma figura respeitosa descontrolada, seguindo o ímpeto dos acontecimentos, como se estivesse no meio do furacão."

"Chega!" – bradou Teresa, apoiando-se em Hans. "Retirem-se! Minha casa não é arena."

Hans acompanhou doutor Rubião até o pátio; após cinco minutos, retornou e conduziu professor Alvarenga, que resistia ao despejo.

Parara o granizo. Também o temporal. Soprava uma brisa gelada. Pouco a pouco os convidados partiram. Agostinho olhou no relógio. Três horas! Estava possuído por forte desejo de se retirar. Mas, ao mesmo tempo, sentia-se atraído pelas loucuras de Teresa. O medo de Hans evaporara.

"Pelo menos uma vez, deixo-me conduzir pelo prazer da aventura."

Teresa o prendia naquele lugar como um visgo.

7

Vazio, o saguão da festa. O último garçom servia mais uma dose a Hans.

"Pode ir. O resto se arranja amanhã", ordenou Teresa, enquanto recolhia alguns cacarecos. "Deixa pro pessoal da limpeza."

Hans e Agostinho estavam sentados. Hans, desengonçado, como saco de batatas.

"Também devo ir...", aproveitou-se Agostinho. "Quase quatro horas. O tempo evaporou. Não gosto de perder sono."

Teresa foi categórica:

"Por favor, fique."

Seus olhos imploravam.

"É nosso convidado. Neste horário, as ruas são perigosas. Já falei com o Hans. Ele faz questão que fique. Choveu muito e, nestas horas, é perigoso sair por aí. Não é mesmo, Hans?"

Hans sorveu uma golada.

"Eeeesseee doutoooorrr Rubiãããooo... eeeessseeee Alvarennnngaaaa. Doiiisss granndeeee iiidiotasss. É o queee eeeuuu digoooo: iiidiotasss. Purrr um naaaddaa criaammm uma tempestadeeee. Duaaass criançasss mimadaaasss. Precisaaamm de umasss palmadinhaaaasss no bumbuuummm."

"Hans estou falando com você."

Ele se recompôs, tentando sentar corretamente na poltrona. Mas a fala estava pastosa e irregular.

"Desculpe, amor. Estou indignado com a mediocridade desses dois lunáticos", em seguida começou a falsear a voz novamente. "Duasss criaanananaçaaaasss mimadassss. Umass palmadaaasss e eee prontoooo! O queee vocêêê disseeee? Estooouuu indignaddddoooo."

"Pare de beber. Já esvaziou alguns copos. Por que você bebe tanto? Eu não gosto. Todo final de festa é assim: nunca conseguimos conversar direito. Você fica um chato."

"Chattoooo? Euuuu? Me comportoooo direitinhooo. Nunca deiii trabalhooo. Porr queee chatôôô?"

"Porque não ouve o que digo. Agora está dando vexame diante da visita."

"Ouçooo, sssimmm. Mas esseee doutooorr Rubiãooo é maluco. É piradooo."

"Não mude de assunto. Eu disse que o Agostinho é nosso hóspede hoje. É perigoso sair por aí nestas horas. A tempestade causou estragos."

"Masss ééé claroooo! O Agostinhooo é como irmãooo. O quarto de hóspedeee, enfimmm, seráá inauguradooo."

"Acho melhor botar os pés na estrada. O temporal já passou."

"Que ééé issssooooo? Daquiii vocêêê nãooo saiiii", irritou-se Hans. "Nãooo desprezeee nossaaa hos-pi-ta-li-da-deeee. Aquele quartooo teeemm queee ser inaugiradoooo."

Agostinho se encolheu. Hans estava bêbado. Mal se aguentava sobre as pernas. Quando falava, exalava um bafo medonho.

"É que, logo cedo, tenho coisas pendentes... Saí do escritório antes do horário. Os controles ficaram pendentes."

"É sábado", lembrou Teresa. "A firma tá fechada. O Hans, ele trabalha aos sábados?"

"Fodaaaa-seee o trababa-lhoooo."

"Vamos entrando", disse Teresa, levantando-se.

Hans estava trôpego. Agostinho ajudou-o a se levantar e equilibrar-se. Cheiro de uísque nauseabundo. Cheirava a podre.

"Aquelleee imbecilll do doutorrr Rubiãããooo. Como é messsmmooooo queee ele diziaaa? O homeemm nãooo teeeemm... comooo ééé, Agostinhoooo? Vocêêê se lembraaa?"

"O homem não tem nenhuma forma, muito menos força, para interferir no que ocorre."

"Bravooo, rapazzz!"

E quase foi ao chão.

8

O silêncio da madrugada avançada caiu abruptamente sobre a casa. O negro das formas rodopiava na mente de Agostinho, estirado na cama, a cabeça zonza. Estava trêmulo, ansioso e, por vezes, arrependido.

"Loucura. Perdi a noção. É vil, despropósito. Logo com o Hans. Que espírito imundo me tomou?"

Hans, encharcado de álcool, fora literalmente depositado na cama. Conseguira chegar ao quarto vasto do casal apoiando-se em Agostinho, enquanto dizia palavras desconexas. Tornara-se depressivo. Mais uma vez, Agostinho se lembrava dos efeitos do álcool.

"Você é o melhor amigo. O que aconteceria se tivesse sozinho? A Teresa sabe que eu te admiro. Vivo falando pra ela que você é meu bração direito lá na firma..."

Palavras desconexas, trôpegas, exagerava nas vogais. "Braaaçãããoooo direeeiiitoooo..."

"Cale-se", ralhou Teresa impaciente. "Deite-se já e fique quieto. O pileque passa rápido."

"Viu só, amigão, como ela me trata? Por Deus, ela não tem paciência. Imagine o que vai ser quando eu ficar velho? Ela me colocará no asilo. Que asilo! Ela me jogará na rua. Ruuuaaaa..."

"Cale-se e durma."

"Ela me jogará fora. Não passarei de um trapo. Absolutamente imprestável. Veja como ela me trata hoje..."

"Mas ela não está falando nada. Só quer o seu bem. Você está cansado", ponderou Agostinho.

"Está vendo, Hans? Eu nunca te tratei mal. Uma cisma que você tem comigo."

"Cisma, não. É verdade! A pura verdade. Por esses olhos que a terra me comerá!"

"Acalme-se. Você exagera. Durma bem. Quando acordar, tudo se arranja. Muitas ideias sequer serão lembradas. A vida sorri por conta própria", consolou Agostinho.

"Eu não aceito que ela me trate assim."

"Assim, como?", defendeu-se Teresa, ajeitando o travesseiro sobre a cabeça dele.

"Desse jeito. Com tanta indiferença..."

"Olha, Hans, você não sabe o que diz. Feche os olhos e durma. Está vendo, Agostinho, como ele me trata? Fica imaginando chifres em cabeça de cavalo. Mas eu não dou a mínima."

Em seguida, Hans explodiu num choro contínuo. Lágrimas torrentes desciam pelo rosto. Depois, dormiu.

Agostinho, estirado na cama, envolto na escuridão, sentia vontade de fugir daquela situação, arrependido. Mas, ao mesmo tempo que se preparava para a fuga, era dominado pela luxúria. Os beijos de Teresa deixaram fogo intenso correndo por suas veias. Perdera o domínio de si, sentia-se descontrolado, a razão fugira, o cérebro oco e, nele, labaredas queimavam o que restava de neurônios.

"Ainda é tempo. Pernas, pra que te quero!"

Levantou-se. Procurou, no escuro, às palpadelas, a camisa e as calças. Mas nada encontrou. Onde teria deixado? "Devo acender a luz? Amanhã, explicarei por que saí como fugitivo no meio da noite. Eles me entenderão. Que desculpas darei? Onde está minha camisa? Minhas calças?"

Voltou a deitar-se. O silêncio da madrugada o tolheu de novo.

9

Alguém abriu vagarosamente a porta.

"Sou eu, amor. Teresa."

Agostinho sentou-se à cama, o coração aos pulos. Um adolescente no primeiro encontro.

"Fique quieto. Nenhum barulho. Hans está dormindo. Onde você está?"

"Aqui."

Foi envolvido por mãos quentes e hábeis. Ela vestia uma camisola fina. Teria rendinhas como adorno? Sim, com as mãos, percebeu as rendinhas. Que cor seria a camisola? Rosa, branca, preta? Preferia a cor preta, atiçava-lhe a vontade sexual. Sempre imaginara putas em bordéis vestindo camisolas negras.

"Me beije. Sugue meus lábios. Me dê sua língua. Você me deixa excitada. Por que não fizemos isso antes?"

"Nunca pensei que você me desejava..."

"Ah, seu bobinho! Eu tenho paixão doentia por você!"

Beijos frenéticos, loucos, entrecortavam a respiração opressa de Agostinho. Teresa insaciável. Queria mais.

Muito mais. Sedenta, procurava amor com a mesma intensidade que um desesperado procura água no deserto.

"Beije meus seios. Você gosta deles? Faça carícias neles. Ah, adoro isso, me deixa sem juízo."

"Qual é a cor da camisola? Estou curioso."

"Adivinhe."

"É preta?"

"É sim, amor. Vesti só pra você. É preta, sim!"

Isso o incendiou. Desejo forte, incontrolável. O pênis endureceu. Teresa só de camisola, e preta! Queria possuí-la de imediato. Passou as mãos em suas pernas roliças e quentes e sentiu os pelinhos da púbis. Macios, sedosos, úmidos. Nuazinha em pelo. Por baixo daquela camisola, nenhuma roupa. Nuazinha em pelo.

Teresa se abaixou. De joelhos, colocou a boca quente em seu pênis, envolvendo-o com volteios de língua.

"Goze na minha boca. Só um pouquinho. Quero sentir a porra na minha garganta."

Mas Agostinho se mantinha controlado. Para ele, aqueles minutos deveriam durar uma eternidade.

"O Hans nunca me deixou chupar."

Depois ela beijou o seu corpo inteiro, lagarteando, ziguezagueando. Ele resistia, controlava-se, atento a qualquer barulho que viesse do outro quarto ou do corredor. Mas só havia silêncio e escuridão.

"Você tem uma pele macia. Sinto vontade de mordê-lo. Faz tempo que te cobiço. Ah, quantas vezes me masturbei pensando em você. Aí, sim, eu gozava. Se não fizesse assim, eu me esfriava."

"O Hans pode acordar a qualquer momento... É perigoso o que estamos fazendo."

"Que, nada! Está bêbado. Misturei uns soníferos naquele uísque. Dormirá como pedra."

"Você pensou em tudo."

"Para que correr riscos? Sou tua. Faça de mim o que quiser. Me chupe, também. Adoro ser chupada. O Hans nunca me chupou."

Agostinho desceu a língua sobre os seios, passou pelo umbigo, depois pelos quadris e enfio-a, rebolante, na vagina úmida. Teresa suspirou e arranhou suas costas. Endoidecido, Agostinho a possuiu. Gritaram de prazer.

10

Um mês e meio se raspou. Agostinho vivia deprimido. Por um lado, o desejo de rever Teresa; por outro, o sentimento de culpa. Traíra Hans. Mas a culpa era facilmente vencida pelo desejo de revê-la. Nunca, jamais em sua vida, vivera o amor de maneira tão fogosa. Teresa despertara sua sensibilidade adormecida. Voltara a ter prazer pela vida. Recitava absorto os poemas de Neruda e de Vinícius, embevecido, bêbado de emoção. Mas, quando se lembrava de Hans, o paraíso se emporcalhava, seu rosto ficava branco, um cadáver.

"Mais dias, menos dias, a verdade pula diante de nós e diz: aqui estou!"

Chegou a pensar, àquelas alturas, que deveria abrir o jogo com Hans, contar tudo, e fugir. Ninguém conhece as reações de um marido enganado. Preferiu calar-se. Mas queimava no peito a dor. Por vezes, à noite, delirava só de relembrar os momentos de êxtase que vivera. Acordava suado, temeroso, com o fantasma do Hans cutucando suas costelas com o cabo do revólver.

Num final de tarde, Hans postou-se diante de sua mesa, o expediente já encerrado. Havia em seus olhos um brilho diferente. Disse, lacônico:

"Abandone o ofício. Tenho algo para lhe contar..."

Agostinho sentiu-se frio, gélido, suor escorregadio brotando à testa.

"Primeiro, termine o que está fazendo. Venha, depois, à minha sala."

Levantou-se. Pernas bambas e pesadas. Hora da onça beber água? Brilho indescritível nos olhos de Hans. Agostinho, apavorado, não conseguiu mais se concentrar. Fugir? Chegara a hora da verdade. Sabia que Hans, em sua mesa, na segunda gaveta, mantinha um revólver carregado. "Um empresário, com essa onda de sequestros, não pode bobear", confidenciou Hans, certa vez. "Nunca se sabe. O seguro morreu de velho." Agostinho sentiu-se na mira do revólver. O que aconteceria? Todos, na firma, já tinham encerrado o expediente. Mesas, computadores e cadeiras vazios. Tudo deserto. O que faria? Colhia, agora, os frutos de sua audácia. Brincara com fogo. Fora inocente e, ao mesmo tempo, idiota. Sim, um grande idiota.

Pálido, trêmulo, o suor gosmento à testa, bateu à porta de Hans.

"Entre."

Postou-se na frente da mesa de Hans.

"Sente-se. O que há? Parece defunto."

"Estou cansado. O fígado não está funcionando bem."

Hans levantou-se. Volteou a sala a passadas largas. Aquele brilho esquisito nos olhos. Mirou Agostinho por diversas vezes. A cada olhada, Agostinho amarelava, a respiração difícil.

"Você é o melhor amigo", confessou Hans. "Estou emocionado."

Novo sobressalto dominou Agostinho. O que significava "estou emocionado"? Empalideceu ainda mais. Hans sentou-se, ameaçou abrir a gaveta. Hesitou. Abriu. Fechou. Agostinho gelou-se. O revólver. Estava frito. Beco sem saída. Fugir? Pular pela janela? Havia grades. O que fazer? No quarto andar, o escritório. Impossível pular. Mas Hans não tirou nenhum revólver da gaveta. Apenas um envelope grande.

"Dê uma olhada nisto."

Pegou o envelope com as mãos trêmulas. Abriu e vários exames médicos dançavam diante de si. Mas não conseguia decifrá-los.

"Vou ser pai! Teresa está grávida. Pensei que nunca conseguiria engravidá-la. Vou ser pai! Ouviu bem? Pai!"

Apertou as mãos geladas de Agostinho, repetindo:

"Vou ser pai! Estou bêbado de felicidade!"

O mundo todo é um palco

Na vida, como numa peça, o protagonista muitas vezes surge já na primeira cena, embora o espectador não perceba. Na vida real, quando ainda somos jovens, deparamos com os principais heróis de nosso drama pessoal. Todas as coisas começam verdes e amadurecem com o tempo, e algumas apodrecem muito cedo.

Quadrínculo. "Por que diabos retornei? O que faço aqui? Com tantos lugares no mundo..." Ali estava Dionísio. Uma merdinha de cidade. Estava muito aborrecido. Enjoara de andar de um lugar para outro. Ao pisar no aeroporto de Cumbica, vindo de Nova Iorque, onde fora cuidar de negócios, sentiu o coração desabalado e, ao mesmo tempo, alegre por esfregar as solas dos sapatos em chão conhecido.

"Pátria nossa, o chão de cada dia" – balbuciou. Permaneceu longos minutos num bar do aeroporto, sorvendo um uísque sem sabor algum goela abaixo. "Estou ficando velho", pensou. Homens, mulheres e crianças, de todas as raças, iam e vinham num emaranhado de sons. Uns afobados, apressados, como se o pai estivesse na forca. Outros – entusiasmados. Alguns matando as horas, mirando as vitrines.

"Oh, pátria... Por mais deliciosa que seja, pouco ou quase nada se aproveita da comida estrangeira. Qualquer um, mesmo na penúria, está melhor em seu país. A gente se sente maior em nossa casa."

—Uma gota de água bebida em casa, numa canequinha encarquilhada, vale mais do que bebê-la numa taça de ouro num país estranho.

Dionísio lembrou-se de Voltaire: “Pátria é nos lugares onde a alma está acorrentada”. Pois a alma dele estava definitivamente acorrentada. Correntes pesadas, grossas, resistentes. Alma acorrentada.

Por que não ia para casa? Para onde? Que casa? Um fato azedara sua vida. Um fato consumado. Absoluto, palpável, ignóbil. No aeroporto, quando alguém chegava de viagem, lá estava a família aguardando com os abraços, bandeirinhas, beijos, gritos de alegria. Mas ele estava só. O sonho de ter uma família esgotara-se. Descrédito e solidão. Só. Não passava de um solitário.

Nascido em Quadrínculo. Gente pobre, área rural, pés cheios de frieiras, principalmente na época de chuva. Mas estudou. Havia pão, mas não havia dinheiro. Havia aventuras, mas também a enxada. Depois da universidade, pisou firme o chão de São Paulo. Para vencer na vida, só um caminho: São Paulo, a metrópole desvairada.

Anos difíceis, muito pão seco com mortadela barata. Até que conseguiu uma vaga numa multinacional. Trabalho duro. Mas foi recompensado. Caíra nas graças de um diretor de marketing. Com ideias audaciosas regadas de elogios, cresceu. Conheceu o mundo. Tornou-se diretor de negócios na América Latina.

Na verdade, queria ser escritor. Jamais um marqueteiro. Porém, essa ciência imaginativa denominada marketing o absorveu por completo. Também, pensava, como poderia viver das letras num país onde, se alguém quisesse se esconder da polícia ou de credores, o lugar certo era uma biblioteca? Os escritores que conhecia viviam numa pindaíba do cão, mendigando dinheiro para as edições baratas de seus livros. Por isso, ele colocou fermento em marketing. E criou asas. Conseguiu, em curto espaço, amealhar uma pequena fortuna.

Reconhecido no meio empresarial, um punhado de histórias de sucesso, obteve atenção de uma filha de um empresário paulista e com ela se casou. Moravam num apartamento espaçoso no Morumbi. Fernanda era linda e viviam felizes, cada qual cuidado de seus assuntos. Ele, mergulhado no marketing; ela, nos estudos: doutorado em Literatura na USP.

Ela pouco se metia nos afazeres do marido. Mergulhava naqueles livros de ideias mirabolantes e Dionísio achava o pessoal que, frequentemente, aparecia no apartamento para debater "altos assuntos" um tanto pedante. Dormir com a mulher, após aquelas reuniões enfadonhas, era verdadeiro martírio. Na realidade, na posição social de Dionísio, a coisa mais fácil era ter amantes. Uma por semana. Era assim que todos faziam. Ele não fugia à regra. Por que haveria de fugir? Também era de carne e osso, laranja do mesmo cesto. Dinheiro não faltava. Viveu alguns anos assim. Um dia...

—O azar do sabido é pensar que todo mundo é bobo.

Um dia, entretanto, as coisas mudaram. Disse à esposa que iria viajar a negócios. Três ou quatro dias apenas. Mas não viajou. Ficou num dos hotéis de luxo da cidade. A mulher daquela noite era uma jovem belíssima. Sequer tinha vinte anos. Loiríssima, carne fresca, seios maravilhosos. Sentia-se renovado. No meio da noite, chamou um táxi para levá-la. Pretendia, no dia seguinte, fazer outra aventura, ainda mais audaciosa, mas com outra. Ao se baixar para colocar os sapatos – é a única lembrança –, recebeu uma pancada seca na cabeça. Tudo se apagou.

Acordou num bairro pobre de São Paulo, num lixão, com ratos peludos e enormes andando sobre o seu corpo. Nenhum dinheiro, nenhum documento. Foi difícil conseguir um táxi. Estava sujo, roto, feito um vagabundo. Durante a corrida, o taxista não desgrudou os olhos: quem poderia ser aquele homem? Um bandido?

Até mesmo o porteiro do luxuoso prédio onde residia se assustou. Pediu ao taxista que o aguardasse e subiu rápido pelo elevador de serviços.

Eram oito horas da manhã. Apertou a campainha por várias vezes. Estranhou a demora de Fernanda. "Que sono de pedra", resmungou, impaciente. Resolveu, então, dar volta e bater na porta dos fundos. Quem sabe, o som das batidas na madeira seria mais estridente do que a campainha. Quando fez a volta, deparou com o velho professor de Fernanda saindo apressado, ainda com as calças desabotoadas, enquanto ela, ainda com roupas íntimas, o empurrava porta afora. Dionísio ficou em estado de choque.

Qualquer um teria feito escândalo. Preferiu manter-se calmo, enojado com o que vira. Recebera a outra face da moeda. Retornou à porta principal e apertou novamente a campainha. Logo em seguida, Fernanda, estremunhando de sono e cansaço, abriu a porta como se nada tivesse acontecido. Sapiência da mulher moderna, pensou.

—O que aconteceu? - estava perplexa.

—Fui roubado.

—Meu Deus! Você está um molambo.

—Aconteceu comigo o que acontece com todo mundo. Fui roubado.

Olhou-se no espelho da luxuosa sala. Sentiu-se um idiota. Um grandíssimo merda. "Cornudo", balbuciou.

2

Ir para casa? Não tinha casa alguma. Acabara de chegar de Nova Iorque. Sentado no bar do aeroporto, saboreava o chão nosso de cada dia, ao mesmo tempo que recordava daquela malfadada noite. Com os dedos, rodopiou o gelo no uísque. Para onde ir? Que caminho tomar? Um barco à deriva. Ondas bravias. Então, veio-lhe de supetão: Quadrínculo.

—Umbigo do mundo.

O desejo que habita em todo ser: o retorno às origens. Desejo mórbido e fatal e, ao mesmo tempo, besta. Com o dinheiro obtido naqueles anos, com passagens em diversos pontos do mundo, poderia arranjar-se em belos lugares, rodeado de lindas mulheres. Mas, naquele instante, a ideia de retornar a Quadrínculo o dominou.

—Por que não? Lá eu nasci, cresci, tomei jeito e ainda posso rever alguns amigos...

Providenciou a passagem. De avião, o maior percurso, depois tomaria um táxi. Já com o bilhete nas mãos, retornou ao bar e pediu outro uísque. Em seguida, assobiou uma canção antiga como se estivesse pisando o chão de infância.

—Foda-se o mundo. Vou para onde quiser. Do lado que o vento vai.

O sabor da liberdade. Ah, não há ouro bastante para pagá-la. Ficasse a sua adorável Fernanda com o rabugento professor de literatura. Ele estava caindo fora. Passado um tempo, cuidaria do divórcio. O que interessava, naquele momento, era retornar ao umbigo do mundo. Sentia em sua boca o sabor da liberdade.

—Essa plantazinha chamada liberdade, quando principia a criar raízes, por Deus!, é uma planta de crescimento rápido. Por isso, aqui me vou!

3

O vento morno das ruas ensolaradas bafejou o rosto. Depois o corpo inteiro. O suor brotou denso. A cidade, com seu casario baixo e velho, saltou diante de seus olhos. Uma guinada de muitos graus. Ontem, Nova Iorque; hoje, Quadrínculo, pensou, espantando-se com a tranquilidade das ruas. Tarde calorenta, o asfalto fervia. Caminhões, carros e carroças se misturavam.

Lá estava o velho hotel, fachada de tijolinhos à vista, de três andares. Como se o conhecem há anos, nem preencheu a ficha. Apenas o nome no livro gasto. Apartamento simples, televisão, ar condicionado, frigobar, um quadro pendurado torto na parede. Espichou-se à cama, completamente exausto. Na cabeça ainda girava a confusão dos grandes centros.

—Estou à procura do paraíso perdido!

Depois, lentamente, toda a profusão de sons irritantes das grandes metrópoles foi sumindo, apagando-se, desaparecendo e, no lugar, renasceram lentas e nítidas recordações da infância pobre e da juventude humilde.

—Tudo é possível em nossa infância, berço do homem...

Por onde andará aquele menino magro, olhos saltados, cabelos arrepiados? Onde foram aqueles sonhos? Verdadeiramente, Dionísio não sabia. Aquele menino de orvalho, de manhãzinha, correndo atrás do gado leiteiro... Onde fora parar? Por onde andará? Aquela inocência fora jogado fora. Uma vontade de chorar o abateu. Deitado àquela cama sentiu a vida escoar, quase inútil. "A vida", pensou, "é feita de sonhos e desperdicei todas as oportunidades de realizá-los. Bicho danado é o homem: briga pelo que não trouxe, briga pelo que não tem, briga pelo o que não vai levar."

A escola. Que vergonha! O menino pobre e feio, do sítio, as mãos calejadas, o corpo com marcas de perebas cicatrizadas. Escondia as mãos para ninguém vê-las. Pareciam um trator. Grossas, manchadas de nódoas de plantas. Que complexo de inferioridade! Outros garotos tão bem arrumados, filhos de gente rica. Estudar, um martírio. Os colegas vestiam marcas famosas. Ele, sempre com aquelas calças medonhas, era um pé-rapado. Garotas lindas, todas com namorados, rindo às suas custas. O tempo das minissaias. Pernas esguias, elegantes, bronzeadas, à mostra. Sexo sem tabu. Uma revolução. De um dia para outro, os meninos olhavam espantados as calcinhas das garotas, quando se sentavam. Havia até um concurso: "o campeão das calcinhas". Quem visse durante as aulas mais calcinhas, dizendo inclusive as cores e os desenhos, ganhava uma Coca-Cola no intervalo. Ninguém prestava atenção nas aulas. Na cabeça de cada um, só havia calcinhas. De noite, sonhava com um turbilhão de calcinhas.

Um furacão, os Beatles. Um mundo excitante que assustava Dionísio. Em casa, só Tonico e Tinoco. Se contasse isso aos colegas, por Deus, iriam chamá-lo de caipirão. O mundo mágico dos Beatles. Tonico e Tinoco, bah! Um dia, surpreenderam-no, mijando e, ao mesmo tempo, cantarolando "Chico Mineiro". A escola toda ficou sabendo. Chico mijão, mangavam. Magoado, passou a ter raiva de música caipira. Sentia-se peixe fora d'água: era um rejeitado.

O caso dos pães. Outra vergonha. Todo mundo comprava o lanche na cantina. Ele, jamais. Levava de casa. Aquele pão caseiro, fatias enorme, um ovo frito gelado. Comia escondido. O Ziraldo, certo dia, surrupiou-lhe a merenda. Foi na frente da sala e mostrou as enormes fatias de pão caseiro, com o ovo frito. Todos riram. Para seu desespero, sapecou uma mordida e ficou mastigando pão e ovo na frente da turma. Dava bocadas rudes. Enquanto falava, pedaços de ovo e de pão saltavam-lhe da boca. A partir daquela cena, todos o chamavam de pão caseiro. O apelido pegou.

Aquelas meninas de minissaias! Pernas lisas, bonitas, queimada de sol. Aquelas pernas o deixavam completamente louco. Se confessasse os seus desejos, seria linchado. Um tarado. No meio do cafezal, trabalhando, masturbava-se várias vezes ao dia. Agarrado ao pé de café, imaginando os segredos daquelas pernas estonteantes, chegava ao êxtase. O pênis ficava vermelho, inchado. Tudo por aquelas meninas, aquelas pernas, aqueles seios! Dionísio sofria.

"Pão caseiro, que vergonha!"

4

Doces e amargas lembranças... No banco da escola, na fileira ao lado, a garota de seus sonhos. Ela inquietava sua alma. Pouco prestava atenção às aulas. Segundo grau, segundo ano. A garota. A mais bonita. A mais gostosa. A mais boazuda. Olhos verdes, cabelos castanhos caindo pelos ombros. Rosto de anjo. Aquelas pernas! Nenhum cristão conseguia assistir aulas com aquele monumento ao lado. Lorena... Que noites infernais Dionísio passava. Durante as aulas enfadonhas era pilhado olhando absorto as maravilhas daquele corpo. Lorena trabalhava numa loja de tecidos até o meio-dia. Depois, ia à escola. Por causa de sua beleza, a loja vivia lotada de clientes. Dono da loja satisfeito. Eram admiradores apaixonados. Todos diziam:

—A miss de Quadrínculo!

Ela ria, lisonjeada.

—Mas não quero ser miss. Apenas professora. Nada mais – respondia, tímida, dobrando as peças de tecido.

Todos insistiam:

—Largue disso. Você não pode ficar entocada nesta loja. É bonita demais pra gastar os dias medindo e cortando tecidos.

—Bobagem... eu quero ser professora.

Na escola, a mesma cantilena. Não tinha mais sossego.

—Um corpo perfeito. Ninguém na cidade chega perto.

Os professores. O de história sequer conseguia dar aulas. Ficava perturbado, ex-seminarista. Grudava os olhões em cima dela. Era horrível. Lorena detestava ser bajulada assim. Essa história de miss a aborrecia. Queria ser apenas professora. "Por que não me deixam em paz? Acho tudo tolice", pensava. Por onde ia, soava o sino de elogios. Era torturante.

Viu-se, de uma hora para outra, preenchendo a ficha de inscrição para o concurso de "Miss Cidade de Quadrínculo", num chá promovido pelas famosas damas da sociedade local. Café com bolo. As dondocas, já gorduchinhas, comiam avidamente e mexericavam. Uma daquelas respeitáveis senhoras - veio saber depois: a mulher do prefeito - tocou-lhe os ombros, dizendo em voz alta:

—Senhoras, prestem atenção! Aqui está, sem dúvida alguma, a miss Brasil.

Houve caloroso aplauso.

5

Venceu o concurso "Miss Cidade de Quadrínculo". Aplausos, presentes, flores, elogios. Rasgação de seda. Páginas inteiras no jornal da região. Entrevistas, fotografias, festas, inaugurações. Mundo deslumbrante. Lorena viu-se, de repente, dançando nas nuvens, o alvo das atenções.

Dias de glória. Por onde ia, o sino de elogios. Na escola, os alunos fizeram fila para homenageá-la. Menos um. Encolhido num canto, tímido, lá estava Dionísio. O caipira, mãos escondidas. Aquelas mãos só prestavam mesmo para se masturbar. Sentia-se do tamanho de uma formiga. Se tinha alguma pretensão de confessar sua paixão, essa ideia, após o sucesso de Lorena, tornara-se simplesmente impossível. Sonhos impossíveis. Ruminou, atônito, uma frase de Ovídio, transcrita de um livro de gramática:

—A beleza é um bem frágil.

Pensara em voz alta. Corou. Comentou abruptamente:

—Qualquer jurado perde o juízo diante de tanta beleza.

Comenta-se, com acerto, que a beleza desperta a cobiça mais rápido do que o ouro. Lorena, a partir daquele concurso, não teria mais sossego. Por onde andava, era cobiçada. Junto com a cobiça, a inveja.

O dia mais triste da vida de Dionísio. Sofria calado. Nunca mais chegaria perto de seus sonhos. Chorou escondido.

Veio o concurso "Miss Paraná". Faturou. Mais honras, mais presentes, mais flores. Dançou com o governador. Em seu retorno à cidade, desfilou em carro dos bombeiros, multidão aplaudindo. TV, jornais, rádios. O Estado estava deslumbrado com a beleza de Lorena. Milionários e boçais andavam atrás dela como se fosse uma deusa. Um rebanho de aduladores. Lorena era colocada, cada vez mais, num pedestal. Em pouco tempo, a mulher mais cobiçada. Uma fila de pretendentes poderosos, donos do mundo.

Veio o concurso "Miss Brasil". Também venceu. O sucesso estourou. O mais alto posto em beleza no país. Os melhores carros, os melhores vinhos, as melhores joias, os melhores hotéis, os melhores... Almoçou com o presidente da República. Participou de filmes, entrevistas em programas líderes de audiência. Capas de revistas.

"Tudo não passa de um sonho", dizia, espantada com tantas honrarias a uma garota acostumada a medir e cortar tecidos na loja. "Mas é realidade", confirmava. "Onde tudo isso vai parar?"

Segundo lugar no concurso "Miss Universo". Mais honras, viagens, mares nunca dantes navegados. Agenda cheia, entupidíssima. México, Nova Iorque, Madri, Paris...

—Como devo agir? A única coisa que sei é medir e cortar tecidos!

Não havia problema algum. A dama de honra, que não a largava sequer para ir à toalete, ensinava passo a passo como deveria agir.

—Comporte-se como uma mulher deslumbrada. Seja gentil, seja gentil, seja gentil. Faça soar o sino de elogios. Sorria sempre. Evite as pessoas vulgares.

—Mas... se eu falar bobagem?

—Na dúvida, sorria. Sorria sempre. Mostre os seus belos dentes. As pessoas, em geral, estão interessadas em sua beleza. São todas vazias. Não seja mais tola do que elas.

—Tenho medo.

—Ora, sua bobinha, saiba que você, com sua beleza, é que mete medo, sobretudo nos homens.

O sucesso fora rápido demais. Lorena se achava nas nuvens. Os alicerces desse esplendoroso sucesso eram bambos. Foi, então, que houve o primeiro arranhão e tudo começou a desmoronar.

O governador. No jantar na casa do governador. Muita gente, vinhos franceses e uísque bom. Enquanto as ilustres pessoas conversavam, já tocadas pelos excessos de bebidas, o governador a convidou para conhecer outros cômodos do casarão. Lorena, de repente, viu-se agarrada, beijada e amassada. Assustada, relutou:

—Sua piranha! Sua cadela! Não me venha com frescuras. Não nasci ontem. O que você precisa é de pau. É de macho! Derrubou-a na cama. Em seguida, rasgando sua calcinha, a possuiu. Fedendo a álcool.

Depois, disse:

—Vista-se. E não abra o bico. Sua piranha!

6

Por que se lembrava exatamente de Lorena? Onde estavam as outras lembranças? O rato roera. O tempo comera. Quando jovem, as paixões nos dominam e nos arrastam. O coração de um jovem é imprevisível. Lorena nascera para brilhar. Nunca para estar com ele.

Durante três dias perambulou ela cidade. Tomou alguns porretaços com os poucos amigos de infância. Uns bem-sucedidos. Outros, nada mais do que boias-frias, dentes podres à mostra, chinelos baratos e puídos nos pés carcomidos de frieiras crônicas. Soube que alguns tinham morrido.

No quarto dia, encontrou-se com um famoso apresentador de TV, o Moraezinho, também amigo de infância, que passava uns dias na cidade, e juntos se embebedaram. Moraezinho mantinha na TV um programa popular, onde narrava desgraças e assuntos ridículos.

—Sou rico, cara! Muito rico. Faturo um milhão de dólares por mês fazendo palhaçada. É circo puro. O povo se arrepia. Povão gosta de circo.

Dionísio detestava o estilo do programa. Um lixo. Mas o povo adorava lixo. Reunindo todos os lixões do país, o lixo do programa do Moraezinho era pior ainda.

—Ao povo o que ele deseja. Apenas porcaria. Pensar dói. Faturo milhões, cara! Milhões!

Socava as costas de Dionísio. Estava visivelmente bêbado. As palavras saíam tortuosas, moles e espaçadas.

—Falando a verdade, cara, muita gente sabida morre de inveja do meu sucesso. Me criticam, inventam coisas, fazem o diabo. Eu gosto!

—Gosta de ser criticado?

Moraezinho bebia uísque como água: goles espichados, o pomo de adão subia e descia.

—Adoro ser criticado. A cada crítica, minha conta bancária engorda.

—Ah, esses pseudointelectuais...

—Vivem, a cada dia, com novas teorias. Mas estão de bolsos vazios. Teorias não enchem barriga. Porcarias, sim. O povo não passa de um monstro sem cabeça. A plebe gosta de políticos mentirosos. Gosta de circo. Por isso, faturo milhões.

Riam. Debochavam. Por piadinhas mixurucas, riam. Estavam bêbados.

—As grandes massas - confessou o esperto apresentador - caem mais facilmente numa grande mentira do que numa pequena.

Riram mais ainda. Muito mais. Até parecia que o mundo viria abaixo. Uma palha dançando no ar era motivo de riso.

Bêbados, despediram-se.

—Em Sampa, me procure. Lá é que tem vida noturna. Neste buraco, aqui, depois das dez horas da noite, as mulheres se fecham em suas casas. Fui, outro dia, na zona. Coisa feia. Tinha até um cachorro sarnento se coçando nas pernas das putas.

—Combinado. Eu ligo pra você - disse Dionísio, levantando-se.

No hotel, acordou o porteiro.

—Hoje, estou pro crime!

O porteiro não entendeu. Dionísio estendeu uma nota de cem reais diante dos olhos insones.

—Eu quero a piranha mais bonita de Quadrínculo no meu quarto. Urgente! Ainda hoje!

—Mas o hotel...

—Vire-se! A piranha mais bonita. Ouviu bem?

—Mas...

—Dane-se! O cliente sempre tem razão - riu.

Subiu tropegamente a escada. A cabeça girava. Abriu com dificuldade a porta do apartamento.

"Aquele imbecil", referindo-se ao apresentador, "me deixou em trapos. Pareço mais um peru na véspera de Natal."

Esparramou-se na cama. O quarto começou a dançar. Correu ao banheiro. Vomitou. O líquido verde fedia. Observou um carreiro de formigas subindo em direção da janela. Vomitou mais um tanto. A cabeça latejava. Mesmo em Nova Iorque não chegara a uma situação tão precária.

—Estou caindo num despenhadeiro.

Mais um esforço. Nada de vômitos. Despiu-se, entrou debaixo do chuveiro. Banho demorado. Aos poucos se restabeleceu. Mas a cabeça continuava latejando. Enxugou-se. Saiu do banheiro enrolado na toalha ensopada. Lá estava a mulher, perto da janela, de costas, mirando a rua deserta, aguardando.

—Exagerei na bebida. Sou fraco demais. Faz tempo que está aí?

Ela se voltou.

—Estou acostumada. Certa vez, esperei a noite toda. O sujeito havia bebido tanto que não conseguia levantar-se. Faz parte do meu trabalho.

Dionísio estremeceu. Não acreditava no que via.

—O que foi? Disse algo errado? – perguntou a mulher.

Ali, na sua frente, a mulher mais cobiçada, a “Miss Cidade de Quadrínculo”, a “Miss Paraná”, a “Miss Brasil”. A mulher mais bonita que conhecera. A Lorena de seus sonhos. Agora, na sua frente, madrugada avançada, simplesmente uma mulher de programa, já com traços envelhecidos. Ainda muito bonita.

—O que foi? Não gostou de mim? Posso ir embora. Não precisa pagar.

Dionísio estava paralisado. Fora de si. A mulher mais bonita de todos os tempos.